秋微 —— 著

男人相对论

THE RELATIVE MAN

北京联合出版公司
Beijing United Publishing Co.,Ltd.

图书在版编目（CIP）数据

男人相对论 / 秋微著. —北京：北京联合出版公司，
2016.5
ISBN 978-7-5502-7612-3

Ⅰ.①男… Ⅱ.①秋… Ⅲ.①中篇小说－小说集－中国－当代
Ⅳ.①I247.5

中国版本图书馆CIP数据核字（2016）第082629号

男人相对论

作　者：秋　微

责任编辑：管　文

北京联合出版公司出版

（北京市西城区德外大街83号楼9层　100088）

北京盛通印刷股份有限公司印刷　新华书店经销

字数：172千　889毫米×1194毫米　1/32　印张：8.25

2016年6月第1版　2016年6月第1次印刷

ISBN 978-7-5502-7612-3

定价：36.80元

本书若有质量问题，请与本公司联系调换，电话：010-82069336。

一、你的爱，还好吗？

那天听凤凰的新闻说，在中国，目前有九千多万名抑郁症患者。这是一个好惊人的数字（虽然不知道是怎么统计出来的），也就是说，除了儿童，差不多每十个人中，就有一位。

与此同时，在我们的周围，隔三岔五就会上演剧情激烈的戏码：各路一夜成名的网红、满世界飘红的IP和纷至沓来的成功融资上市的项目在共同制造着让人一头雾水的繁荣。

这么一个到处弥漫着一夜暴富和一夜成名的黄金时代，人们的G点越来越多，然而记性越来越差，不论热情高涨还是义愤填膺，都好像被注了水，来得猛去得快，情绪比经济形势先行一步显现出了泡沫的阵势。

压抑和亢奋，分别缘何而来？抑或不过是一体两面？

在比任何时候都集体侵占更多参与更多之后，为什么，还有那么多人更加孤独和更加不快乐？

《男人相对论》，产生于对这样一个不解的背景下。

他们起初的名字是"马先生的超级演讲""天上人间"，以及曾在《狗脸岁月》中发表过的"不留"。

三个故事，讲男人、女人，以及，男人和女人。

讲他们在踉踉跄跄的或狂欢或仓皇的乌合之中，经历怎样的拥有和失去。

大到盛世之乱，或小到乱市之盛，最有意思的大概从来都是"人"本身。

因此我想奋力挽留那些人之美。

是男人迷恋着什么的时候会忽然表现出的专注的单纯。

是女人在爱上谁的时候会无师自通的性情柔软。

这两种的美，美得特别悠远，特别宁合，好像一个水袖甩出去，就能回到任何一个江山如画、美人如花的时空。

美得随时可以坦荡出世但丝毫不会失却热忱。

美得让人想高歌一曲"为艺术、为爱情"这两件真正配得上永恒的人间事。

然而，现实很难容得下这么理想化的人生。因而在《男人相对论》中，更多的是没有足够多性情、运气、胆识和耐性的普通人。

他们因着对一切的"不确定"，并非自知地把"控制"错会成"爱"，为奋力地成为谁的谁，不惜以"同归于尽"的决心在自伤伤人中一无所感，也一无所获。

因为太着急，来不及等到"合"的那些事和"对"的那个人。

后来，无非是都老了。

衰老并不可怕，可怕的是欲求不满足而生在心底长出脸庞的蛮野的恨。

结果唯一被挤出这场博弈的，只有"爱"本身。

当一个人的世界没有真的对任何一个另外的谁虚位以待，"爱"就成了一种口说无凭的"哲学"。

用张爱玲的《倾城之恋》说："他不过是自私的男人，她不过是自私的女人。"

然而，谁不是？

这真是一个难题。

好在，小说不必给答案。

我把对"人"的兴趣和这些个时日与他们共进退的哀欢喜怨，一笔一划，推心置腹地放进每一个人物里。

不论"马先生""宋智有"，还是"朱莉"或"郑天齐"，所有这些食色男女，都生活在我们身边。

不想伤人或不敢伤人的结果只能是伤害自己，在这三个故事里，到处是伤痕累累仍在持续演太平的他和她。在对自己的失望中强打精神，在逼仄的环境里努力活下去。

像你我一样，基本深陷泥泽，偶尔仰望星空。

而我写出来的他们，是想用故事中的因果，表达一份由来已久的在乎：在抑郁并狂欢着的世道中，你的爱，还好吗？

二、艺术家河正宇

两三年之前的一天，我在首尔的一家店里看到一幅画。

我站在那幅画面前看了很久。

绘画和音乐的优势就在于，不会有"文字"这种技术面的障碍影响人跟作品之间的懂得。

我的韩国朋友说，画这幅画的人，叫河正宇，是他们国家著名的实力派演员。

惭愧的是，我看过的韩剧，全部加在一起还凑不到十小时，所以对韩国明星知之甚少。

不久后的一个饭局中，又听我的朋友李孟夏热情推荐河正宇的作品。我相信他对电影的审美，因此某一天闲来无事，就找了河正宇主演的一部电影来看。

从那之后，我把我能找到的他所有的电影作品，都看了一到数遍，包括有一部他只有在电话另一头出现声音的文艺片。

我为他的表演折服，在我看来，他更像是一个艺术家，他表演上的游刃有余，来自只有耐得住寂寞的人才可能练就出的对自我控制的张弛有度，也只有用如此温和的态度表达出的执着，才隐含着不容争辩的力道，像李小龙提倡的"水的哲学"：

Water can flow, or it can crash. Be water, my friend.

这真是一种值得倾慕的状态：清明自在，独立于世。

2016年初夏，收到河正宇先生手写的新书祝福，这对我来说，意义重大。

它再次向我证实一个我从小就相信的简单真理：当你真正用心对待一件或一个人，上帝会为你调动全宇宙的能量和热情。

感谢在韩国的郑恩贞小姐和郑民奕先生。

感谢范小青小姐、丁天小姐、谢宾妤小姐和岳岱先生。

想起有位美国的社会心理学家提出过的著名理论："任何两

个陌生人之间相隔不会超过六个人。"

看，专家又说对了。

当然还要感谢河正宇。

除了信任与善意，他在遵守承诺、选择手写体和在意措辞这些细节上表现出的教养，令人尊敬和感动。

木心先生说："元气就是孩子气。"

深以为然。

一个卓越的艺术家，就是总能让他人在自己的作品中找到感动和知己、相信真善美，并留住孩子气。

河正宇先生正是这样的艺术家。

三、情义与感谢

那晚，听完郑明勋指挥陈其钢的作品《逝去的时光》，步行回家。

走在复兴中路上，忽然想到十几年前，听人形容彭国华，说他"用距离表示亲切，用亲切表达距离"。

英年早逝的彭先生是台湾丰华唱片的创立人，太太是台湾综艺界举足轻重的人物张小燕。

我们这个年纪的人，对那个时代由台湾主导的流行文化，依稀还留着像对旧情人一般的默默顾念。

大概因为看到黄磊写给我的推荐，想起丰华，想起以前有过的，一种"羽扇纶巾"的调调。

转眼，认识黄磊快二十年了。一路旁观他从"徐志摩"到"黄小厨"，并把这两个形象在《深夜食堂》中合而为一。

这期间，我写了十几本书，央告他推荐了许多次，黄老师每次都会及时地给一个暖暖的、有气质的回复，像他一直以来的样子。

惭愧的是我对他的人生好像从来也没有过什么有意义的贡献。

有时候想，女人的确幸之一大概就是在努力给多数人看到成熟的时候，对少数人，还能不顾拖欠，保留没什么顾忌的少女心。

后来，所谓纯情的意思，不是不谙世事，而是没有怨怼。

从这个角度看，黄磊、陈坤和丁丁张，是同一类的人，他们让成人的纯情成为可能。他们不仅用作品和价值观制造温暖，他们也是这个世道中，越来越少的那种依旧懂得"用距离表示亲切，用亲切表达距离"是为风度的好男人。

是啊，人一辈子，恍惚几十年人世游，有些缘分，很运气，可以陪伴左右；有些缘分，或许更运气，是不论见与不见，都始终愿意放在心上。

惟有当懂了这个运气，才可能真的拥有自由。

这也是我在《男人相对论》中借马先生的演讲说出的心里话："那么'爱'究竟是什么呢？之于今天的我，'爱'，就是当你甘心情愿成就谁祝福谁时的一种'忘我'。"

嗯，但愿认真活着的你我，在狂欢并落寞着的人群中，有温暖、知自由，更多纯情，更少怨怼。

这本书的出版，要感谢许多人。

感谢我的密友许晴小姐全程支持并愿意担任《男人相对论》这部作品的总监制。

感谢黄磊、河正宇的推荐语。

感谢陈坤、丁丁张、杨杨、张皓宸愿意成为这本书的推荐人。

感谢我最重要的两位姐姐：杨澜、李静。

谢谢你们让这部作品的戏剧和同名节目成为可能。

感谢我的家人团和亲友团：李响、陈默、carol黄、刘同、Gary吕、张绍刚、赵欣、曹子在、孙骁骁、徐江、王颖、郭涛、郑焘、依辉、叶蓓、海阳、张娅、张瑜、田雷。谢谢你们以各种方式给我的帮助、支持、爱护和鼓励。

感谢我的团队及重要外援：戴克莎、盖晓强、昭阳、彭伟、罗杰桑、夏骄阳、张洪基、子豪、陈晟、黄艳艳、Sasha、石晓鹏。

谢谢你们在这本书企划宣传、商务拓展、翻译协助等事宜中的无私贡献。

特别感谢戴军和连咖啡，连长、光明和航班管家，李晨和NPC。

感谢小V和Alex帮我普及"四大"和"投行"的行业常识。

感谢喜马拉雅FM和黄硕小姐让《情爱相对论》这档节目成为可能。

感谢毕飞宇老师、黄利小姐、谢刚先生、折立桑以及谢升皓导演在这本小说集未出版前的垂阅。

最后，要特别感谢沈浩波先生和他带领的磨铁团队。
谢谢你们忍受我的挑剔和纵容我的坚持。
谢谢你们的专业和勤奋，让我对"优质"的期待成为可能。

目录
Contents

男人相对论

一、马世谦

"各位好，在下马世谦。经常看我的视频节目《马道成功》的年轻人对我有个爱称，称呼我为'马先生'。刚才美丽的主持人介绍我出场的时候，说我是'情商界的罗永浩''纵横职场情场的心灵导师'。对此我十分汗颜。首先，我的输出，除了价值观和语言之外，还没能转化成任何产品。另外，我并不认为，任何人能成为他人的'心灵导师'。如果有人告诉你他能指导你的心灵，那么好了，这人要么是骗子想开课挣你的钱，要么是政客想洗脑挣你的拥护——开个玩笑啊，关于心灵成长，最可能的方式，就是以分享或自省令他人在旁观你的过程中产生自我救赎的愿望，继而成为自己心灵的导师。大家不用做笔记，印度的哲学家认为，人每秒钟会有成百上千个念头起落，所以，就刚才您那一低头，错过了多少'当下'，不值当了。回头这些'鸡汤文'我们工作人员都会整理成册发给大家，得对得起大家的缴费是不是？哈哈。好了，言归正传，我今年的线上节目和线下演讲都主要围绕两个主题：'职场'和'情场'。主持人刚才告诉我说今天来的都是我的视频节目的忠实Fans，那你们能不能证明给我听，我节目的Slogan是什么？"

"马道成功——Can be can bibi！"台下齐声说道。

"哈哈，很好，谢谢，谢谢各位！好了，书归正传，接下来就是《马道成功》今年第十三场现场演讲。对一个演讲者来说，职场要求的是'成功经验'，而情场则不一定。比方说今天，我主要是来跟大家分享失败教训的。你们别笑，我相信在座的有不少人也在媒体上看到过一些我的八卦。是吧，我有一位非常有活力的前妻，哈，三不五时地，用各种成语，把对我的攻讦放诸报端，风风火火，真真假假。如果娱乐了大家，我很荣幸。那么接下来的时间，就让马先生以一个失败者的身份，跟各位做一个分享，希望诸位在我的失败中汲取养分，成为自己的心灵导师，在每一个选择当中都开心更多，虚度更少。"

这是马世谦先生的开场白。

马先生是自媒体视频脱口秀节目《马道成功》的创意人和主持人。

因为这档"心智培训"节目的蹿红，马世谦成了跟罗永浩、马东、罗振宇等人知名度相当的新媒体新贵，每年除了固定的五十二期线上节目之外，还有超过二十场的线下演讲，所到之处都是人满为患。他的基于心智培养的方法论，引领了新一轮的关于"成功学"的讨论，他的个人经历也因为他的成功而成了被坊间热议的传奇。

马先生生平一共有过三个称谓，这三个称谓当中分别镶嵌着他不同人生阶段的重大事件。

最初，当青年马先生还在他的家乡台北涉世未深的时候，大家就是连名带姓地叫他马世谦。后来，他到内地工作，有一个阶段，他是广告界业内小有名气的Simon Ma，且"Ma"这个姓跟在"Simon"这个英文名之后一定要发四声变成"Simon骂"听起来才有配套的感觉。

再后来，马世谦先生创造了他人生最激烈的一个画面：他当众自杀了一回。尽管自杀未遂，但自杀的诚意令众人对他刮目相看。更重要的是，自杀未遂之后，他百尺竿头，跟太太一起成功创业，取得超越以往的傲人成绩。故事到这儿还没结束。取得创业成功的他，没两年又因为跟太太产生情感和经营的双重分歧被迫净身出户，人生再次坠入低谷。也就是从那个时候开始，他创办脱口秀节目，尝试线上教学，峰回路转，意外取得巨大成功，最终，他成了眼下这位成功的"马先生"。

名人马先生特别喜欢用第一人称称呼自己，在他的节目和演讲中经常出现"马先生这""马先生那"的句式，他用讲究的口音持续呼唤自己的名字，使劲把演讲过程的所有空间都用"马先生"挤满。在他不断强调、不断重复、不断自己叫自己的努力之下，大家忘了起初那个迷茫的"马世谦"和其后在迷茫中挣扎的"Simon骂"，记得的，就只有现在这位到哪儿都游刃有余、口若悬河的"马先生"。

除了职场起落，马先生的每一个名字也对应着一段重要的情感关系。有意思的是，在每段关系里，他的名字，只能是当时的那个，仿佛写错了称呼，就安排错了角色，显得文不对题，有无法接戏的风险。

那些由别人的声音腔调发出的对他的呼唤，就好像交响乐的篇章，有着律法一般森严的界定，每一个篇章都得各自为政，即使它们属于同一个人，也绝对要以色彩的差异让篇章和篇章之间恍若隔世。

被马先生当作节目八卦和演讲素材公然承认的恋情一共三段。在第一段中，马世谦爱上过一个年长他很多的女子；第二段是Simon骂跟一个比他年轻很多的女性的纠缠；第三段和马先生交手的是一位年龄相仿的女性，他们各方面看起来都门当户对，包括分手之后交恶的战事看起来也是那么的势均力敌。

马先生是个知行合一的人，他的历史成了他的主张。他的感情三部曲被他当成素材，陆续穿插在他的节目举例和每一次演讲当中，那些事迹被重复和再塑了许多次之后，渐渐跳出凡俗之地，担任起警世告人的责任，成了值得被仰视的传奇。

"今天，应多数网友要求，马先生要跟诸位聊聊'情场'。在我们从小接受的教育中，有很多听起来好像有道理，好像很感人，实则是个悖论或谬误的说法，比方说，情歌里歌颂的爱情，经常是希望它'不变'，用文艺点儿的词，叫作'此情不渝'。要马先生说，但凡您对感情有这种期待的，基本上从一开始，就失去了快乐的可能。先不说世界上压根儿不存在'不变'，'此情不渝'本身根本经不起推敲。就以一个人对自己心智管理来说，最好的依准，不是期待不变，而是如何跟变化共存。成长的过程，就是锻炼自己在变化面前怎么保持开放心情，甚至是积极态度，主动求变。说回情感跟变化的关系，有西方研究情感的心理学家曾经提出过这样一个理论，说理想的情感，最好要经历三个阶段。第一个阶段，情窦初开的青少年，应该跟比自己年长的人谈恋爱，这样对一个人的身心成熟都十分有益。请注意，你们不要以为'找年长的人谈恋爱'只是针对女孩子哦，其实对男生也一样。一个没跟大叔相爱过的少女，或一个没有经历过姐弟恋的少年，在情感上都是残缺的。要知道，对任何人，'启蒙'都非常关键。你跟了什么样的'师父'，决定了你掌握什么标准的'手艺'。情感的启蒙怎么学？谁是教情感的师父？当然是你爱过的那个人，尤其是初恋。所以说，趁年轻，要跟年长的人谈恋爱，对情爱才可能有更深的体悟。两个同龄的年轻人，体能、经验、眼界都差不多，有什么好玩？相信马先生的话，所有'会玩的'，一定都是'被玩过'的。这句话听起来戏谑，但包裹在里面的真理是，一个人拥有的所有都可能被拿走，唯有技能和感悟，是你的，终是你的，没人能拿走。也唯有技能和感悟，才是一个人能在一段感情中真正的获得。"

在台下一片笑声加掌声中，马先生开始了他又一次演讲。他总是能说一些迂回在有礼与无礼边缘的俏皮话，挑动听众的神经，让他们从一开始就对他另眼相看。他并不是那么在意"另眼"里包含多少喜欢和多少厌恶——马先生的自信让他对他人的好恶早已不再敏感。

这个世界上，许多的作家写自己，许多的成功人士聊自己，都是通过把"自恋"转化为"作品"去变废为宝的楷模。

楷模马先生总会在演讲中提到自己的经历，但每一个提到的片段都经过缜密的思考和精心的加工，假作真时真亦假。对一个成功如马先生这样的人来说，剧情的真假变得不再重要，如果编造的目的是为了"情怀"，那么编造本身就是一个可以被宽容的修辞方式。

"在经历了第一段跟年长的人的恋爱之后，进入人生的第二个重要情感阶段，如无差池，你应该在三十而立左右。这时候，就一定要找一个比自己年纪小的人恋爱，同样是适用于男女。男的从男孩开始成为男人，会有大把小女生仰慕你的品格或仰慕你的钱包。女士们不用气馁，只要你保养得当，信心足够，有的是年轻男孩前仆后继嗷嗷待哺。处在人生正当年的天下好男女，这时候就有责任把从前任那儿学来的那些恋爱的把戏传递下去。优秀技能不能白白浪费，要回馈社会啊，怎么回馈？教别人咯。除了回馈之外，跟比自己年轻的人恋爱的最大实惠在于：你的身心都会被朝气和活力感染。两个人在一起，彼此的气息和细胞会有一种奥妙的互相影响。你们有没有听说过，女生们在一起久了大姨妈的时间就会越来越接近。一样的道理，哈，不要笑。我们要相信科学。不信你们去观察，那些跟比自己年纪小的人谈恋爱之后，人看起来会比较年轻。不仅生理上的影响，精神上也要有足够的refresh。一个对自己的生命质量有要求的人，必须知道更年轻的人在想什么，以及他们的思维方式和生活方式是怎样的，这样才不会过早落后于时代。什么方式最容易深刻地了解年轻人？去，跟年轻人谈恋爱。"

马先生的演讲总是很容易引起共鸣，和他的视频节目一样，除了讲大道理之外，他很擅长给出一些切实可用、不难效法的方法论。

"给不同的招聘机构发一模一样的简历等于没发。"
"每天醒来第一件事是对着镜子里的自己大声说'好'！"
"桃花运比较差的男生要避免穿格子衬衫。"
"没回复微信千万别发朋友圈。"
"去咖啡店买咖啡就买espresso，想喝美式就要一杯开水，想喝拿铁就再加几个奶精，想喝冰的就要一个外带大纸杯要求服务生装满冰块。开水、奶精和冰都是免费的，每杯平均省了至少两块钱，因此别人是在喝咖啡，你是喝咖啡的时候还在存钱。"
以上这些是马先生节目中被疯狂转发的各种"小贴士"。

马先生把这些他原创的或抄来的内容放在节目和演讲中大受欢迎。除了有内容和他懂得演讲技巧之外，马先生之所以走红，还有很重要的一点是，他看起来其貌不扬——他的长相让他的受众更容易相信他和他们是"同呼吸共命运"的"普通人"。

马先生的脸不大，因近视而习惯眯着眼，让他被单眼皮遮住一半的眼神中时常透出些弱不禁风的孤寂感。眼睛之间的鼻梁好像不堪眼镜重负一样常年往上探着，鼻翼两侧被早早皱出一些明显的纹路，救兵一般奋力往上接应一副挡住上半张脸的眼镜。薄嘴唇和眼睛保持着一致的、中间拱起两头略往下的弧度，那个弧度年轻时候是胆怯，得志之后成了严谨。嘴角好像暗中用力夹着，抿进去了几分"欲说还休"的谦恭。幸好有个挺拔的鼻子把控全局，那谦恭，不至于成了卑微。

除了五官长得有些"小心翼翼"，个头不高的马先生还习惯性微微驼着背，要知道驼背这种习惯放在身材高挑的人身上的确可能平添某种不屑与人为伍的"姿态"，然而身高有限的人硬要驼背就会制造出一种"认输"的外观。幸好，身高有限、体重有限的马世谦有个天生显著的翘臀，和脸上负责"救市"的鼻子一样，把一个差一点就乏善可陈的身形生生定义在"可挽救"的边缘。

人的内心的确会改造外貌，或至少改造观众对外貌的观看方式。

很多时候，"长相"其实是一个人对外部世界的"态度"。比如马先生。

越来越懂得凡事悦纳的他依旧眯着眼睛看世界，眼角嘴角依旧延续着向下的弧度，但，下巴微微抬起了大约5度，他的五官跟世界的关系旋即生出几分你中有我的平等之感，一切可延续的关系都需要"平等"来制衡。马先生了悟了这个道理，他还是"其貌不扬"，但，那是一张让人记得并能勾搭出信任的脸。

取得一定成就并赢得民心的马先生依旧驼着背，然而无师自通地给自己加了一个单手撑下巴的姿势缓释了驼背的唐突。

为了不让撑下巴的那只手无聊，马先生留起了胡子，那些精心修葺的花白的胡须，拉长了脸型，也增加了深沉度。

发型和眼镜都找了职业的造型师打理，时髦得恰到好处。

大多数时候，人们对"名人"的喜欢分为两大类：第一类，喜欢先天条件明显优于自己的，那种喜欢，是一种充满梦幻情怀的喜欢，类似看待童话的心态；第二类，喜欢看起来和自己条件相仿，有"芸芸众生"范儿的普通人。

第一类是"见而喜"，拥趸停留在叶公好龙的浮夸面，第二类是"见而信"，往往具有宗教般的蛊惑力——一个看起来跟自己资质相近的人成功了，是一剂特别适合长期给大众免费派发的春药，在药效里催生出幻想自己辉煌的春梦。因而这种追随才更加情比金坚。

马先生了解人民对他的期许，因此他在他的节目和演讲中的每一个分享，都力求把自己塑造成一个人人可效仿的"路人甲"，以巩固那个药效，延续那个痴迷。

"请记住，经历完之前两段先天有距离的情感洗礼之后，就到了人生的重要阶段，怎么样把你最好的一面发掘出来，离不开伴侣的催化。这个阶段，应该找一个年龄相仿、门当户对的人，运气好的话，你们共度余生，运气再更好一点的话，你们不一定会共度余生，但有可能互相成就。互相成就的方式有很多，可以是相濡以沫，也可以是草木皆兵，也可以像马先生这样的，前半段相濡以沫，后半段草木皆兵。是的，你们最近有没有看到我前妻在电视或她自己的微博上骂我？如果几时，有超过两个月，我没看到她骂我，我就会自我检讨——唉，难道最近表现很差？前妻都懒得骂！呵呵，是的，听马先生的话，选一个实力相当的人一起成长。夫妻情侣的关系就好像舞伴，互相给对方的力量要差不多，对游戏规则的认定要接近，以及步伐要始终一致。只有这样，情感的投入才值得。不要怕翻脸，不要怕情殇，即便是翻脸和情殇也要跟匹配的人。要知道，一个人的失败并非树敌，一个人的失败是没人要跟你树敌！"

　　马先生在演讲的开场白中表达了他的立场，也提纲挈领地提及了他三段重要的情感经历。
　　接下去的重头戏是讲到他的"自杀未遂"。
　　马先生总是以调侃的语调说起他人生中最特别的那一幕。

　　"马先生在十年之前，一时想不开，下决心死了一回，不过，没死成。那个'未遂'，成了我人生的转折，我在绝处逢生之后，又遇见了我人生中最重要也是我跟各位强调的那个'门当户对'的女人——我的前妻。确切地说，她是我的第二任前妻，著名成功女企业家Grace章。因为自杀，因为章女士，因为各位的捧场，我成了现在的这样一个靠视频冲散孤独、偶尔到处流浪的说话者。"

马先生在做自我介绍的时候用词总是很自谦，但他对公共平台对他的称呼从不放松要求。在对他的宣传中，他是以"心智培训"和"快速提高领导力"著称的"心灵导师"，是靠高点击量的视频节目推动了一个全新"成功学"概念的"当红名嘴"。

有一阵，除了视频网站，在很多城市的机场书店都能看到马先生演讲的视频。他总是能特别有激情地旁征博引，他的激情让人忽略了他的身高，在没有参照物做对比的屏幕中，他看起来相当高大，许是因为太有激情，透着不容商榷的肯定，令人不好意思探究他说的到底对还是不对。

"不论你需要处理的问题是职场还是情场，说白了，大部分时候，我们要面对的唯一问题，就是'变化'这个问题。那么马先生就跟大家聊聊'变化'。我们大伙都听说过《易经》，大部分人就觉得它特别高深莫测。谁知道'易经'是讲什么的？马先生认为，简单地说，'易'就是变，易经就是一个关于'变化'的高级公式。一个人明白了怎么看待变化、怎么接受变化、怎么善用变化，就等于明白了一切，就能玩转命运。"

马先生是台湾人，移居内地多年。
他的口音里有一种故意儿化过的外地腔，掺杂着发音精准的散装英语和偶尔几个汉字平翘不分的口齿不清。不知道为什么，这么说话能瞬间营造出一种海纳百川的国际范儿，仿佛他行万里路读万卷书的青春，早都悄然化为唇舌间的雨露，顺序排列就等他口吐莲花的一刻好喷薄而出丰富人类思想。又仿佛博闻强记就是披在他身后的一个隐形的斗篷，如同《红楼梦》里晴雯熬夜缝补过的那件，上面必定星星点点隐约闪烁着显赫的DNA，需一阵两阵懂事的春风将其轻轻扬起，要具备相当慧根的人才配及时发现。

在众人面前，马先生的"姿态"确实不负"导师"盛名。

马先生引述《易经》并不纯是为了显示学问，他用《易经》给他要讲的"变化"扣上了一个学问的帽子，让他接下来要分享的那些他亲历的"变化"，从原有的辛酸、荒诞、压抑、软弱中升华而出，成为富有哲理的"逸闻"。

马先生三段重要情感关系中的两段对方都是上海女性。

和好多台湾男人一样，马先生对上海女人有种说不清的"情结"。

也或许自打宋代以后，"上海女人"是中国女人中最接近"爱情"这个幻象的一个品种。在那些人们听说过并没有真正见过的或"海上"或"江南"，有那么些微的、朝露一样的"听说爱情回来过"的可能。

一个民族，当女人不懂爱情，男人不知风骨，就算江山如此多娇，也照样随时满目荒芜。

也许是些微的错觉在作祟，台湾男人和上海女人存在着频次诡谲的互相吸引。然而他们先天实力不对等，尽管这两个品种很容易对对方产生幻想，但幻想的内容大不相同。在台湾男人的幻想中，自己会成为扳回一局改写历史的风云人物。然而，戎马倥偬的结局十之八九是空余恨；在上海女人的幻想中，则是见微知著地从长计议，如何在自己的交手中刷新过往小姐妹们赢的纪录，成为被各种闲杂人等交口议论的一位新一届是非人物。

马先生对此颇有心得，在他还是马世谦的时候，他遇见了他人生中的第一个上海女人，并输给了她，输得心服口服，过多少年后还荡气回肠。

"既然一切都有变化，一切都是无常，我们就更要辩证地看待情感关系，比方说接下来我要跟大家分享我的一段'姐弟恋'。虽然那段感情无疾而终，但，到今天，我的记忆里还有非常多的美妙画面，有的能说，有的只有我独自回味。好的感情不是以'输赢'来衡量的，而是以'味道'来衡量的。就像有一首歌怎么唱的来着，'男人久不见莲花，开始觉得牡丹美'。喝过威士忌的人，很难再跟其他的酒心心相印。相信马先生的话，只有'味道'才能记录一个人的时光，也只有'味道'才能帮你想起青春。一个男人的青春，怎么能没个有味道的女人和她们留在心头的伤痕，请注意马先生的话：'对一个男人来说，有味道的女人和伤痕，缺一不可，少了哪个都乏味。'"

二十年之前，还不会以托腮的姿态中和驼背的马世谦，对情感的领悟还没有这个高度跟智慧。

"张爱玲初见胡兰成的时候，有一段话说'她见了他，她变得很低很低，低到尘埃里，但她心里是欢喜的，从尘埃里开出花来'。我再也找不出比这个更恰当的说法，能那么贴切地形容我第一次见到那位上海小姐的心情。当然了，要把这里面的'他'跟'她'换个位置，心底开出花的，是年轻时代的马先生我。"

所有的革命者都具有编剧天分，要美化革命，就要适度地编撰和造假，一切经过"情怀"这一关的造假，在沸腾的情绪中都可以是充满正能量的有效史料。

令马先生难以忘怀的那位上海女人，名字叫朱莉，他们遇见的那天，初秋，在台北。

那时候马先生才刚大学毕业不久，有一天从实习的公司出来，到7-11买了点零食当晚餐。刚出便利店，一阵风吹过，他眼睁睁看着他的摩托车在五米开外的地方倒了下来，临时挂在车把上的头盔滚落到地上，滚出几米，讨好似的停在一个路过的女人脚边。

马世谦因此看到了一幅令他半辈子难以忘怀的画面。

那女人看到头盔，停下脚步，款款地弯下腰把它捡起来，又款款地往前走了两步，伸手把头盔递回给年轻的马先生。

她在手伸向他的时候，头略微往左肩歪了歪，好像要看清他是不是头盔的主人，又好像她的头要配合她因微笑而向上扬起的嘴角，好让那个嘴角依旧和这个世界保持着最温和的水平状态。

从一个女人在公共场合如何捡拾地上遗落的物品能看出这个女人的基本教养。

朱莉弯腰和下蹲的姿态令马世谦惊为天人。那对他是一种"启蒙"，奠定了他对女性世界的审美标准：女人如何在既保持淑女姿态的同时又不至于造作，以及恰当地把机敏和优雅这两个看似难以同类项的因素糅合在一起。

朱莉在几秒钟里面这么随意地一来一回，已把马世谦从他自己二十几年的混沌里揪出来，高高举起，抖落一身久候的尘埃，再"哗啦"一下摔在她面前。

他蒙了。

因而，当朱莉走在他面前把手里的头盔递给他的时候，马世谦一阵慌乱。他手一抖，手上拿着的装卤味的塑料便当里的汤汁洒出来，溅在朱莉的裙角和左脚的鞋子上。

马世谦赶忙蹲下来试图脱下外衣用衣角帮朱莉擦拭鞋子上的汤汁，这个内心业已失守的男孩，外衣的袖口挂在了摩托车的车把上，他一拉外衣，并排停放的十几部摩托车和自行车倒了一片。

"当代中国的女人，没有'lady'。只有没什么意思的'小女人'，或死气沉沉的'老女人'。什么是'lady'？'lady'就是气质里面保有着一种经得起岁月考验的行为举止很classical的女性。遇见这样的女性，是男人人生中最大的福报。"

而朱莉就是马世谦心目中的lady。

那天，她就那么伫立在他面前目睹这一切的发生，她那股子像长在骨子里的从容完全没有被马世谦连环的莽撞打乱。

之后的几分钟，从表面上看，她陪他还原了现场，然而在他心里，朱莉穿透了他全部青春，占领了爱的高地。

他完全不知道一个女人的从容原来可以这么美，马世谦深深地被朱莉的从容打动。

世事弄人，在马世谦对朱莉延绵不绝的一往情深中，他唯一恨过的，也是她的从容。

在他们不到一年的交集，她就是这么从容地应对着一切来自他的鲁莽，带着她最初迷住他的笑容，让他在她面前不管怎么拼命都还是经常感到无地自容。

马先生之后半辈子都对穿白衬衫配彩色丝巾、皮肤白皙、涂朱红唇膏的女生有无力自拔的偏爱。在他自己的衣橱里总藏着几套尺寸略有差别的白衬衫给上门服务的小姐们换。那些怎么样也穿不出白衬衫清白风情的小姐，总能有效勾出他的烦躁，每每他粗暴地把衬衫扯开的过程，又成了他自我慰藉的独特方式，像一剂偏方，一次次平息lady朱莉留在他心头的挑逗与羞辱参半的伤感记忆。

他并不恼怒有那些羞辱，甚至也无意要忘记，它们跟挑逗一样美好，相对来说，如果失去了羞辱的陪伴，"美好"本身倒平淡无奇了。就好像羞辱是Tequila的盐边，让所有最爱的记忆一路醉进灵魂深处，跟血肉长在一起，记忆成了就算没有任何人的协助也能独自感到骄傲的"自己"。

马世谦不知道在他的那个青春初年，朱莉打动他的是白衬衫还是她选择的衬衫尺寸刚好让第三个扣子在胸前绷出一个呼之欲出的紧张度。

"那你就留下来，好不好？"
白衬衫的扣子终于在马世谦面前彻底绷开的那天下午，是年三十几岁的女人朱莉问是年二十出头的男人马世谦。
马世谦清楚地记得朱莉问他"好不好"这三个字时的语调和她说完之后翘上去的嘴角。

朱莉对矜持和放荡分别准确的拿捏和两者之间的自如切换仿佛基于某种数学。当一切经过缜密计算和严格训练之后，幻化出对放浪之事的一丝不苟和对严肃问题的玩世不恭。朱莉是那么自在，似乎在她这样的女人内心，并没有对"放浪"或"严肃"的分别，女人最高级别的自在即是忠于自己的坦荡。

大概因为马世谦很少看朱莉的眼睛，她的长相在他的记忆中并不是那么的清楚。他只记得她饱满的嘴唇和饱满的额头。

对爱笨手笨脚的人容易把情感划入博弈的范畴。

马世谦自认在被他称作是"启蒙"的那段似情非情的交集中"输"给了朱莉，就算他从青涩的少年成了圆融的中年，业已轻松看透很多输赢，可仍旧无法忘怀和朱莉交手的败局。

"那你就留下来，好不好？"

她问他的时候，她的脸上带着笑容。多少年之后，他都记得她的笑容。

应该怎样形容那个笑容呢？

在那个笑容里面，带着一种胜券在握又故意秘而不宣的风情。

好像她早就知道答案，还故意给他揣测，她好在一旁看他揣测，看他揣测时情不自禁暴露出的慌张，她对着那个慌张痴痴地轻颦浅笑，仿佛借那慌张，助长她对他的情欲。

朱莉问完那句话的时候兀自从手边的铁盒子里拿出一支烟，她把烟放在嘴边用涂了朱红唇膏的嘴唇轻轻噙着。唇膏涂得很匀，好像不是涂上去的，而是从她自己的身体里生出来的，因经历了一路用力地生长，才红得如此彻底。又依循有生必有息的缘故透出即将要盛极而衰的落寞，那红，要挣脱她似的漾在她唇上，聚成一个焦点，让马世谦的神魂无法移转地聚焦在她的唇上，他必须用尽力气才不至于随时被它吸附吞噬。

朱莉自己故意无视这些，她只是专注地微微低了头，眉尖蹙在一起，专注地擦亮一根火柴，点燃那支烟，然后她深吸了一口。

她吸那支烟的时候，她的朱红的嘴唇上皱起几条细微的褶子，写实一般记录出"才下眉头却上心头"的那么一个微妙的瞬间。

马世谦的心跳被朱莉嘴唇的动态奴役着，他看着它们骤起，再松开，周而复始，每次重复之间有几秒静态的停顿，好像她忽然就对这个世界反悔了似的，过往一切有关时光的诺言瞬间成了谎言，马世谦在那个停顿惶恐到想哭。

朱莉不理会，待她决定要他的答案时，她把一口烟朝马世谦轻轻吐过来，烟散在他脸的下缘，顺着他的轮廓散开。然后她把那支烟用两个手指夹着，离开她缨红的嘴唇，再用左手接过去，调转了烟的方向，把留了她唇印的那一边冲着马世谦递过去。她的白皙的左手接管了他的焦点，像工匠用心雕琢的观音的手，温柔而有力地垂在他面前，那支烟仿佛是她要赐予他的莲花，带着拯救的垂青，模糊了欲念与爱的界线。在马世谦要接未接的时候，她又嘟起嘴唇轻轻吹了吹那支烟的顶端，看它在她唇下露出锃亮的斗志，她才像放心了似的递给他，好像一位大德对一个流浪之人怜惜的加持。

马世谦像中了魔咒一样把烟接过去，怕接晚了会丢一样忙不迭把它放进自己的嘴里，他因紧张而干裂的嘴唇受到朱莉留在那支烟上的唇印的滋养，瞬间长出许多陌生的勇气。

"好不好？嗯？"朱莉问。

马世谦低垂着眼眉，猛烈地点头，表示着他的"好"。

他不想说出来，他不想他的嘴唇从那支烟上跟她朱红的、仿佛从她身体里长出来一般的唇印分离。

反而他对那之后他们之间首次的云雨没有太多记忆了。

男人嘛，总是挑拣让自己感觉更好的画面记着。

"每个人，年轻的时候，都应该有一个fantasy。比如电影是梁朝伟的fantasy，音乐是周杰伦的fantasy，林徽因是金岳霖的fantasy，金城武是很多两岸熟女的fantasy。fantasy常常体现出一个人内心底里的审美体系，而一个人跟fantasy之间的距离则决定了他是否真的快乐。我的姐弟恋女友是我青春时期的fantasy，说来好笑，我这半辈子所有属于男人的陋习，几乎都是我的那位上海女朋友教我的：抽烟、喝酒、好色、玩世不恭……这还是能讲的，还有不能讲的，你们要不要听？"

台下响起一个分贝很高的"要"！

马先生达到了活跃气氛的目的，不理会台下的"要"，继续道貌岸然地回到"正题"。每十分钟要跑题说点儿刺激的好重新吸引听众注意，马先生懂得遵循专业技能。

所有表面上看起来热烈的敞开心扉通常都出于技术或演技，人跟人之间，真正的"敞开心扉"到后来都是默然不语。

当然马先生也没有说谎。的确是朱莉带他去到了一些原罪之地。的确是她教他抽烟，她教他喝酒。不同于他跟男孩子们在一起拼啤酒的那种真正的"喝酒"。以及，他所谓"不能讲"，是她几乎手把手、嘴对嘴地教他怎样亲吻、前戏和怎么在那些扑面而来连成一片的兴奋中硬拎出最敏感的核，让性爱在飞驰中硬是停住片刻，在那儿，马世谦经历过数星星一般一处一处找到心底深处对应的明点，而不是一片一片糊里糊涂栽进欲望的泥泽。

"接吻技术差的人，其他，没用的。"朱莉说，微笑着。

她说什么都微笑，语气不疾不徐，且她嘴里说出的一切建议也都不是批评，就算她真遇到令她不满的，她唯一的努力就是身体力行。

她对马世谦评价接吻的重要，说完脸凑过来，还是不疾不徐，但没有任何犹豫地，把她的嘴唇贴近他的，接着她的舌尖顺着他们的交集揉进他嘴里带着降服马世谦的电流，喉咙里跟着一个含混不清的"唔"。

"识好"是人的本能，没有这个本能的多半只是没有见识过真正的好。

在情爱的领域，朱莉是天生的好老师，马世谦诚惶诚恐地应她的要求不断尝新和刻苦练习。

他在技能日臻娴熟的某个午后，终于自觉有了一些底气，问出那两个困扰他多时的问题。

"那你喜欢我什么？"马世谦问。

"你……干净。"朱莉看着马世谦说，她的瞳孔比常人比例高，几乎看不到什么眼白，她的眼神里有种没必要说谎的慵懒。

马世谦很失望，在他来看，"干净"根本不算是一个正式的褒义词。

他希望从朱莉那儿听到一些她对自己的想象，被一个自己爱着的人赞誉，是人间最容易见到神迹的时刻。

"干净？很多人都干净啊！"马世谦不肯放弃，希望用这样一个反问句迫使朱莉肯定他的"与众不同"。

"嗯……你屁股很翘！"她说，"我忘记是谁说的了，'一个人没有屁股，就像一个城市没有教堂。'你想想看，真的蛮有道理的。屁股跟教堂就是异曲同工，又要有，又不能太夸张。啧啧，你自己有没有留意，不管男人女人，没屁股就很难有姿态，没姿态就很难有气质。有教堂的城市才可能有腔调，就像屁股翘的人才可能有腔调。"

当时他们在朱莉的公寓，不大的空间里有一面镜子，马世谦问出关于"你喜欢我什么"这个问题的时候，朱莉就把视线挪向镜子，仿佛要做一个妙手回春的剪裁，好把这段没用的幼稚对话变成一段有用的性爱的前戏。

她赞美他的屁股，令他十分意外，那跟马世谦内心期待的赞美相距甚远。但也不能说他对此失望，他只是意外，像人生中第一次喝啤酒，被顶撞了，然而顶撞出些想再要一点的好奇。

绝少有一个男孩第一次喝啤酒就觉得顺口，但，又正是不顺口才造就了征服欲最终导致了"上瘾"。

朱莉把马世谦从关于"你喜欢我什么"的孱弱中拯救出来，让他把关注力转移到自己的屁股上。她被自己的比喻撩拨出了兴致，轻声细语地把他引到镜子面前，扳着他的腰身，让他侧面对着他们面前的镜子。

"喏，你自己看！"她在他身后，对着镜子注视着那里面的他们。

世界忽然转了一个方向，前景和背景并列在一个平面中，马世谦下意识夹了夹臀部的肌肉，抬起手扶了扶眼镜，仿佛要找一个跟朱莉一样的角度去看清镜中的男女。有那么两三秒，左右不分，好像丢了原本确定无疑的"主观"，忽然慌乱了。

朱莉察觉到马世谦的慌乱，站起身，很温存地靠近，左手从身后弯过来环抱住他，一边用她的吴侬软语继续在他耳边说着她对"屁股"的赞许，一边用右手伸过来把马世谦的眼镜摘下来，放在化妆台上。放好之后，右手垂下来跟左手会合在一起，两只手配合着打开马世谦裤子上腰带的搭扣。

马世谦眼前一片模糊，任由她的手解开那个搭扣，她的左手在完成解扣的工作后盘旋而上一路摸到马世谦心跳的位置，右手则停在他肚脐附近，他看着她的手，白色的两团上模糊着几个红点，那是无数次在他身上掐过划过的她的涂了红色指甲油的手指。

整个画面像一个摄影作品一样，黄昏之中，一切光影都成了那两只手的背景。

朱莉让那个瞬间静止了一阵子，不再说话，也没有动作，只是停留在原地，好像硬要用定格去强调一个午后四点左右的光景。

马世谦对着镜中自己模糊的影像忽然生出一丝感动，他想告诉朱莉，除了自己，他从未允许过任何人摘掉他的眼镜，一个都没有。不要说摘掉，连碰到都不行。一个从五岁就戴眼镜的男人，对眼镜的敏感一点都不小于对内裤的敏感。

一个戴眼镜的男孩丢了内裤最多被看清身体，一个戴眼镜的男孩丢了眼镜就仿佛被看穿了内心。

然而，马世谦任由朱莉屡屡摘掉他的眼镜，没有任何抗拒，在他心里仿佛完成一个重要的仪轨，他已独自为她加冕，为她占领他的那座青涩的爱的城池。像达利拉剪掉参孙的头发，一个男人的情到深处不过就是把他最致命的短板交给令他陷入爱情的女人。

朱莉重新开始动作，用右手掐了掐马世谦的屁股，掐醒了他的感动，她像同一个场景里平行着的另一个绮丽梦境，那么好，又那么失真。他颤了颤，所有贴心的话在写实主义面前都有太过文艺的穷酸感，马世谦顺服于朱莉的规则，放弃了表达感动的冲动，他回到她的主场，他的心跳发报似的速度乱起来，腹腔最贴近她右手的位置跟着心跳哽出阵阵暖流，自上而下碾过他的所有脏器，然后汇合到她左手的位置，似乎它们是最精良的士兵，沉睡多时，就等着它们唯一真命的将领，好跟随两只手调度中的威仪再来一番热烈的征战。

朱莉感到马世谦体温和呼吸的变化，会意地加了点力气，像一个楷书的大家要写一个完美的燕尾，从那个位置向下一气呵成地用力抹进去。

马世谦此后再也没有问过"你喜欢我什么"这种粗笨的问题。

"但凡是正常情况之下，一个三十几岁的，有品位有阅历的人，如果想要把一个二十几岁的、有幻想有追求的人招致麾下，那简直就是探囊取物。"

在马先生的演讲中，提到当年的自己，从不吝惜当"弱者"——一个人蓄意示弱，总能让他的强大显得有血有肉。

既已成为强者的马先生把接下来要说的心里话总结成供人参考和膜拜的大道理：

"你们不要以为，只有三十几岁的男人对二十几岁的女孩子容易构成杀伤力，反过来也完全一样，一个三十几岁别有风韵的女人如果想把一个二十出头的男孩子弄到手，也很容易，可能更容易。一个人的人生中，有那么几次，被征服，被抛弃，被忘记，然而你自己还记得那一段里的'好'，知道那是什么吗？"

台下七零八落地响起一些人的答案和另一些人对答案的回应：

"青春。"

"真爱。"

"喔。"

"报应。"

"哈哈哈。"

"不是。"马先生等众人闲话落地，他重新回到刚才的语速，用更严肃的语气说道，"是'艺术'。'艺术'就是求之不得然而执着记着的'好'。那么要怎么记得那些好？我给大家留一个功课。如果有什么人，令你们难以忘怀或感到很受伤，找一个清静的下午，给自己准备好纸笔，把ta的优点和ta对你的好写下来。记住哦，一定要用写的。而且要越detail越好。比方说，在我的list里面，我会写，她很爱笑；她经常拥抱我化解我的紧张；她是我人生中第一个教我喝烈酒的那个人；她教我怎么样把领带打得像那么一回事；她教我怎么在吃完大闸蟹之后壳还能完整地拼回去，然后把蟹钳插在盆景里当作慢性释放的肥料……"

马先生说到这句，把眼镜摘掉，略垂了头，抬起右手捏了捏鼻梁，好像忍不住饮泣又在努力克制住。

台下有人带头鼓起掌来，有几个人在掌声中大声说着："马先生加油！"

马先生抿了抿嘴唇，抬起泪眼继续道："写下那个list，然后心里想着那个人，对着你的list说：'谢谢你，谢谢你让我成了今天的我。'然后，原谅ta带来过的伤害，要知道'原谅'作为最好的疗愈，从来都是对自己而非任何他人。如果，一个人的人生中，有那么几段，被征服，被抛弃，被忘记，然而多年之后你都还记得那一段里的'好'，你都还会为了好而原谅，那么你所有经历的爱和折磨，都将不虚此行！"

很难判断台下听众听懂了几成，但多数人被他几乎要饮泣的状态感动了。男人在以下几个画面中特别容易受欢迎：照顾孩子时的笨拙、爱天下所有宠物的单纯、痴迷于物件的匠心，以及阅人无数之后又返璞归真一般的旧情难忘。

这时候背景音乐适时响起，是特别选出来应景的一首《征服》。

马先生在副歌之前走到台口去喝水，台下集体合唱起"就这样被你征服，喝下你藏好的毒"。

再一次，一切都好像设计中一样反应热烈。没辜负马先生和他的智囊团每一个故事、每一段总结、每一首音乐都认真讨论过的铺陈。

隐形的光环如期徐徐落在马先生的头顶。他回到台口，独自一人之时，他冷冷地注视着台下人们的如痴如醉。他知道，所谓智慧，就是调动起他人热情之后的适度冷漠。

马先生教人原谅，他让人群在他煽动的原谅中心潮澎湃。而马先生自己并不急着要原谅。

一切光环之下都隐匿着这样那样的不可告人，或者说，根本不用隐匿，就算放在那儿与人端详，也需要匹配的眼界才能看得出个中原委。

马世谦无法原谅朱莉的离开——她在某一天，没有任何预兆地消失了。

她的消失在马世谦心底打了个死结。

好多人感到"情殇"都是因为"心动"在一个明明需要"心死"的时机。

时间解决不了任何时机的问题。

怎么舔都无法愈合的伤痕早已被其后无数次的救治包上了硬硬的壳，那壳里面，桎梏着真实的孤独的自己，跟陈年的屈辱和陈年的不甘搅拌在一起，隔一阵发酵一次，提醒受伤的人：伤痕犹在。

当然了，总还可以借一本书或一场戏或一个离人哭一阵，渐渐地马先生成了一个一把岁数看悲剧会哭的性情中人。如他自己所知，所有看悲剧会哭的人，都是在借悲剧哭自己。

爱情和佛教很像，它能让聪明人更聪明，蠢人更蠢，它是一个透明水晶球，自性清明，透过它被放大的，都是每一个独立的"自己"。

同理，做爱就好像念经，有的人透过练习得智慧，有的人次数越多越麻木。只能说，性爱和经文本身都没问题，有问题的依旧是人心。

成为著名的"心灵导师"之后的马先生经常被问及情感问题，他对所有提问都对答如流。只不过，也有一些问题，尽管他有听起来无懈可击的答案，但是当他自己独自心对着心的时候，那些问题依旧无解。

"你有没有遇见过此生的最爱？"有人问。

马先生对此没有正面答案，他总是反问"您认为什么才算'最爱'"，直至跑题跑到大家都忘了刚才在谈什么。

马先生不是蓄意回避问题，而是，他确实没有答案。

很多时候，他很肯定某些记忆画面是他的"最爱"。然而那些画面只能以个体形式存在。

就好像有那么一种人，五官每个单看都完美，然而放在一起就成了次品。

由一堆完美的单品构成的次品是突兀的，让人连"可惜"的余地都没有。

朱莉留给马世谦的，就是一件件无序散落的完美单品。

如果说"你喜欢我什么"这种问题可以用性爱模糊掉答案，那么性爱怎么模糊掉一个人对"名分"的执着，则是一个无解的老生常谈。

"那我们算什么？"

马世谦终于鼓足勇气问出这句时，朱莉正在他面前写邮件。

在那封朱莉写给她丈夫的邮件中，她的开头是："It's rain..."

短短几个字，朱莉的属于小女人的惆怅呼之欲出。那是她在马世谦面前绝对不会有的。

马世谦知道朱莉每天都会给她丈夫写情书，她从未对马世谦隐瞒过她已婚的事实，她也从不隐瞒她对她丈夫的思念和牵挂。在她的不隐瞒的衬托下，马世谦的嫉妒倒显出几分无形无状的猥琐。

除了写情书，朱莉每隔一阵子都忽然离开她的公寓，消失几天，对马世谦从来没有事先说明和事后解释。

最严重的一次朱莉消失了整整两周，无论马世谦电话打得多密集，短信发得多恳切就是收不到她的任何回复。

就在马世谦全身仅存的脂肪都快被相思煎成干的时候，朱莉终于出现了。

然而她就像什么事都没发生一样，告诉马世谦几点到她那儿，需要带什么。她对他从来都用祈使句，尽管语气温和，但没有任何商榷的意思。

当然，她更是从不应答任何马世谦关于"你去哪儿了"的问题和"你知道我多担心"的表达。

尽管马世谦下了无数次"离开她"的决心，他还是会按朱莉的要求及时出现在她的公寓门口。

那天，朱莉来开门的时候穿着一件蕾丝的睡袍，脑袋上绑着一个黑丝绒的蝴蝶结。她看到他似乎很高兴，蝴蝶结都跟着她的笑容颤抖起来。

朱莉穿的黑色蕾丝阻挡了马世谦所有想说的话，尽管在他被思念和猜疑折磨的那些日夜，他在心里写了不同版本的几十种草稿，有责问、有讨伐、有决然而去的宣誓。然而他见了她，他什么也说不出口。

朱莉总是有办法把她不想要知道的内容拦在他们的世界之外，她牵着他的手把他拖进来，问他："外面冷不冷？"

没等马世谦回答，她抬手把他鬓角的头发放在耳后，轻声笑说："该剪头发啦。"然后她的手从他的耳边滑下来，停在他的脸上。

她那一刻的端详和她接下来的亲吻，都是马世谦半辈子不肯忘的收藏。

"要不要来点这个？非常好的whisky，我好喜欢它里面的那种烟草味道，嗯，你试试。"

马世谦接过朱莉手中的酒杯，一饮而尽。

那半杯酒，有一半奔向马世谦的喉咙，有一半沿着他的脸跌出来，他没有应对whisky的经验，被它的霸道呛得咳嗽起来。

本来，马世谦只是想用"一饮而尽"平复一下心情，他对她的迷恋无法中和他的猜疑，那些无法消解的怨念总要透过什么不一样的动作释放一下。

　　然而他再次败在她面前。

　　朱莉赶紧抽了一张纸巾递过来，轻轻拍着他的背娇嗔说：
"哎呀！你急什么呀，慢慢来嘛，你哦，就是什么都急吼吼的，
傻瓜。"

　　等他不咳了，她转身添了酒，把酒杯放在自己鼻子下面闻了
闻，递给马世谦："跟着我，再试试。你知道吗？好的whisky，
闻跟喝一样重要。就像好的性爱，前戏和intercourse一样重要。
你一定要学会闻它，闻是'懂'的开始，如果不懂，就谈不上美
感。喏，这瓶酒跟我同龄。你闻闻它的香，喷喷，这里面足足藏
着一个比你大十一岁的神秘世界，好了不起，是不是？"

　　说完朱莉转身在酒里兑了一点矿泉水，再递给马世谦："这
样淡一点，慢慢来，我等你。"

　　马世谦接过那杯酒，朱莉拿起床边的一块真丝手绢凑近在马
世谦脸上擦他自己没擦干净的酒渍。那手绢上全是她的香，那些
香，勾兑了whisky的烟草味道，紧紧团住马世谦的嗅觉，他失重
地跌进里面，恨不能自己给自己戴一副枷锁，好永远名正言顺地
对她臣服。

　　"你猜我为什么喜欢whisky？"朱莉问。

　　马世谦笨拙地双手端着他的酒，笨拙地摇摇头。

　　"它既单纯又丰富，所谓'单一麦芽'的意思，就是它的
DNA很纯粹，然而酿造的过程又特别讲究。好像一个人的成长，
我是一个'血统论者'，喜欢那种又干净又聪明的人。这样的

人不多，大多数的人是又复杂又笨。呵呵。另外，whisky又柔软又烈性。好的whisky总是兼容水质软和纯度高，这也如同是卓越的人，内心柔软，品性坚强。这两件事在一起，多了不起。它个性如此突出，经历了跟它的交集，其他酒的味道也都相形见绌了。"朱莉在表达这些的时候，眼睛始终看向窗外，仿佛whisky是她的爱人，她正陷入对他的热恋。

"你记不记得，有一次你问我，我喜欢你什么？"朱莉转头微笑着问马世谦。

"记得。"马世谦喏喏道。

"我说你'干净'，你似乎不太满意，其实，'干净'是一切真正卓越的基础。"

马世谦还在思考朱莉的这句话，她已经走开，到房间另一头去换了音乐，调整了房间里的灯光，等走回来，忽然对马世谦笑说："哦，保险套用完了，忘了请你带上来，所以要麻烦你再下楼。对了，不要换品牌，不要有香味，不用超薄，普通型就好。现在就去好不好？门口的水晶烟缸里有零钱，你快点回来哦。"

马世谦当然不可能对"用完保险套"无动于衷，然而作为朱莉的手下败将，他并没有拒绝的能力。那些他的世界没有过的，她选的音乐、她调暗的灯光、她的蕾丝以及跟她同岁的有烟草味道的whisky，它们像钉子一样一颗一颗钉进他的内脏，钉住了他的选择，也钉死了他的自尊。

以马世谦当时的阅历，无法理解这样一个对自己的婚姻没有不满的女人，为什么会有一席之地留给他。他的不解在喝了

whisky的云雨之后发酵，他借残余的酒力和她满足后的放松时提问说："那我算什么？"

她笑着回答："你哦，你是我的小马驹。呵呵。"

说完，朱莉转了个身，伸手从床头拿起一支mini的雪茄点燃，抽了一口，递给马世谦，好让她在两个人吐出的烟雾里放空。

后来，关于同样的问题，她又给了几次不同的答复。

等她的玩笑无法阻挡马世谦的认真时，她正色道："不要浪费心思在不相干的事情上。"

"你为什么要去争这些不相干的？"

"等你到我这个年纪，就会明白，这两件事，不相干的。"

尽管是正色的回答，但，这些答案如同隔靴搔痒，解答不了马世谦情到深处泛出来滋滋作痒的疑问。

"那你爱他吗？"他问。

"当然。我爱他，我爱我的丈夫。"她回答，没有一丁点犹豫和停顿，也没有特别加强语气的故意。

"那我算什么？"马世谦又回到原点。

"你算什么？"朱莉重复着马世谦的问题，反问道，"嗯，你希望你自己算什么？"

"我希望你是我的！"马世谦快速回答。

"什么才算'是你的'？"朱莉又缓缓地问。没等马世谦想出答案，她接着说，"你喜不喜欢我们见面？你喜不喜欢我们做爱？你喜不喜欢，我们在一起这样呢？"

　　朱莉保持着缓慢的语速。

　　马世谦察觉到她的耐性——耐性只有在快用完的时候才会被发觉。

　　"如果一个人的心无法跟每一刻的发生在一起，他永远也不会拥有真正的快乐。"朱莉说的这句话，成了他们之间正式的结束语。

　　隔了好多年之后，朱莉的这句话成了马先生经常用的段落总结："一个人，如果不能把注意力放在喜欢的事情上，不论拥有什么也不会快乐。人的快乐并不完全取决于得失，而是取决于当你得失的时候，你的心放在哪儿。你们说，心应该放在哪儿？马先生的答案就是：你的心，一定要放在每一次'得''失'的现场。《心经》里说'心无挂碍，无挂碍乎，远离颠倒梦想'。什么是颠倒梦想，只要你的心没有跟'现场'在一起，就是'颠倒梦想'。只要你的心没有跟'现场'在一起，你永远也不会拥有真正的快乐。"

　　马先生拿来当作"开示"一般的长篇大论，出自当年决意离开他的朱莉。他引用《心经》粉饰演讲的格调，在段落的结尾，藏着他对年轻时的自己说的一番心里话，没有获得足够安慰的灵魂不会痊愈出身心健康。

马先生同样的感悟在他的演讲生涯中反复重复，他要借重复去抚慰那个失去朱莉的年轻的他自己。

他们的确过了一段总是酒足饭饱的欢愉时光，总是很快活。

在她的牵引之下，他早于生理年纪地爱上了whisky、爱上雪茄、爱上前戏必须讲究的性爱。

马世谦开始对朱莉教他的那些熟练起来，他自以为和她到了一个不同寻常的阶段，恃宠而骄，总在欢愉之后想要弄清楚名分，越弄不清越想争取，就好像欢愉跟名分真有什么关系似的。

她对此一定是不喜欢的，但没有明确地指摘，朱莉只明确她喜欢的部分，对不喜欢，她都只是了解、接受、自行决定取舍。

"如果你不开心，就不要了，好不好？"她说。

"我不开心，但是我没办法不要。"他答，"因为我爱你！"

在她的从容里，他特别诚实。

没错，人生很多时候，"要"都不是为了开心。

他在她给的回应里高估了欢愉之于她的价值，没料到失去这场没名分的交集，近在咫尺。

马先生深深记得不久后他们最后一次性爱的画面，他的羞辱和高潮在那一次鏖战中被紧密地编织在一起同时推向一个新的制高点，十几二十年都无法被超越，乃至到后来他在回想这件事的时候几乎要肯定羞辱本身带来的刺激。

"叫'老公'！"马世谦在自以为把孔武有力发挥到极致的一刻，借一点醉意，提出了一个策划已久的莽撞要求。

那天是中秋节，朱莉事先让阿姨准备了一桌子菜，她开了一瓶花雕，温好，她带他喝到半醉，给欢愉预备了合适的氛围，一切是那么的"花好月圆"。直到马世谦脱口而出了那三个字——"叫老公"，才应了"此事古难全"的老话。

马世谦并非醉到失去理智，然而，对于名分的纠结，他终是意难平，不过是想趁乱赌一把。

年轻的内心总装着一些以"万一呢"开头的赌局，他不过二十出头，卧薪尝胆一般在性爱的练习中企图找到他幻想的爱情，莽撞是他唯一能颁给自己的那个虽败犹荣的"荣"。

朱莉没理会，也没中断做爱。她从容地回到主导节奏的位置，用肢体安排马世谦的行为。

她轻轻推了他一下，让他从跟她脸对脸的位置退下，他应命顺着她指导的路径一路舔吸而下，停在躯干的分叉处，吮吸她的秘密花园，并根据她言简意赅的指示用唇舌在她的芳草之地勤劳地耕耘。他很卖力地讨好她，他在闭着眼睛的黑暗之地还保存着一线幻想，幻想她早晚被他久经考验的忠实和日臻娴熟的技术感动，感动出他想要的"爱情"。

"男人是否擅长接吻，是一个民族文明程度的表现。"朱莉说的。

马世谦在领受她的教诲之后，随即自认为担负了民族和文明的责任，努力成为一个合格的吻者，努力得几近悲壮。

她总是能在他即将陷入负面感受的边沿时在他的思想中抛洒一些她自酿的甘露，令那些不堪随即升华成艺术，成了"见山不知是不是山"的哲思。

马世谦又一次在心甘情愿之中过分卖力，忘记了自己的嘴在几分钟之前刚提出一个要求。

现在可好，他什么要求也提不出，什么话也没法讲，他挥舞唇舌积极地在秘境中探索，一切语言被中途禁止在他们最后的一次做爱中。他正在她的芳泽中忙于吞吐，他自己的敏感地带也被朱莉用嘴包起来，马世谦一阵痉挛，一时无所适从地不知道应当把核心注意力放在身体的哪头。

朱莉吞下马世谦之前举起床头剩下来的最后一杯黄酒，饮下半杯，留了半口在嘴里。世界上有什么语言能准确描述黄酒介入的热辣包裹，马世谦瞬间自海底轮深处醉了，一股热浪猛然自下而上在他身体里冲出一条星罗棋布的通天大道，像耶和华为摩西在红海划开的救命坦途，热浪带走了一切恐惧，好像，有一个叫作"爱"的东西闪烁在遥远的源头，只要顺着它指示的方向一直走一直走，就能走入星际，成为星际，走出一段不再惧怕孤独的地老天荒。

"爱的幻象"，是朱莉留给马世谦的最好礼物和最深的伤害。

她终于还是厌倦了他们之间"段位"差别太大带来的消磨，那天之后，她不告而别。

朱莉消失得非常彻底，马世谦一辈子都没有再见过她。甚至即使到了之后网络发达的年代，马世谦也没有经由任何平台上找到过任何关于朱莉的蛛丝马迹。仿佛他跟她在一起的那一年只是一场梦，他反复的口不择言，闹钟似的叫醒了两个沉睡于游戏的梦中人。

马世谦对那天的许多细节都念念难忘，之后很多年，每当到了吃螃蟹的季节，他心底被朱莉盖了私印的伤口就开始细细发作，化成悲伤和心酸，浓淡总相宜地穿梭于他的平常岁月。

有多少次，马世谦幻想着自己成功在盛年，而朱莉则年老色衰，最好是已经被丈夫抛弃成为孤家寡人。他们必然像玛格丽特·杜拉斯的《情人》中开场一样见面，不同的是主动找上门来的是朱莉。

在那个幻想中，她仰慕他的成功，怀念他的雄武，恳请他的原谅，祈求他的复合。

而他则报复似的勾起她的情欲，然后蹂躏她，让她在痛苦和快乐参半中告诉他"她爱他"，而他则在完胜之际及时冷酷地离开，在"好就是了，了就是好"的终极领悟中收场。

这个幻想终于没能实现。

因为没能实现，在马世谦的记忆中，朱莉始终是传奇。

女人不会因为性感而成为男人的传奇，女人会因为决绝成为男人的传奇。

"永远不要因为年轻时候的情殇而后悔，不论你在那里经历多少快感抑或多少耻感，不论你是蠢得很热烈还是聪明得很寂寞，记得，但凡发生的就是应该发生的，但凡经历的，只要当时甘愿，就是好的。"

对于和朱莉被染上传奇色彩的这一段，马先生如是说。

二、Simon骂

"我跟我第一位太太，哦，应该说，我的首任'前妻'，唉，一个男人的悲哀就是念旧。呵呵。"

马先生继续着他的演讲，台下，接在他"呵呵"的苦笑之后，不出马先生所料，大伙为他特地停顿演绎的"念旧"，又鼓了一回掌。

"我跟我首任前妻，相识于微时。我们，跟在座的各位差不多，都是为了理想远走他乡，同是天涯沦落人，因命运相逢，继而，一起面对了一些命运的挑战。这个过程让我更清楚地知道，一个人活着的意义，绝不只是为了'生活'，而是，要为了'生命'负责。既然说，我们今天谈的是情场的话题，在探讨'生活'跟'生命'这个大话题之前，我们先回到情爱的层面。我在过去许多年里面，经常被人问说'喂，马先生，我怎么知道他跟我在一起是爱情，还是只是想跟我上床？'或是'喂，马先生，那个男生追了我很久，怎么一上床之后就不见踪影了呢？'问这种问题的通常是女生，好像女孩子特别喜欢把'爱'跟'性'拆解开看待。那么我要问你了，比如你有一个苹果，你在吃掉它的时候，究竟是喜欢它的水分，还是爱它的甜？想必这个问题在人类的祖母夏娃那也找不到答案。因此，如果你没办法去拆解一个苹果的水跟糖，请你也不要拆解一段情感中的性与爱。人是动物来的嘛，只要是动物，就是有动物性在你的身体里作祟，就会有动物性去驱动你做出一些选择。记住马先生的话，永远不要为你的动物性感到耻辱。Never ever，作为一个男人，坦白说，我跟首任前妻，也是'动物性'的产物。你问我好不好，到今天，我还是会肯定地说：'好！'你问我后不后悔，那么我告诉你，一个人的词典里可以有'爱'，有'恨'，有'领悟'，有'遗忘'，最不能有的，就是'后悔'。没错，马先生的词典里，没有'后悔'这两个字。"

有这么一个文艺的开场白当掩护，谁还忍心去探究那里面隐藏的真实有多么的庸俗不堪？

所以，不要轻易相信文艺，着力用文艺做美化的事件十之八九都是文艺其外，穷酸其中。

实则，在马先生所有文艺的表达中，都对应着一个丝毫无法跟文艺有关的"事实"。

马先生所说的"微时"，没错，意思就是说马世谦当时收入不高。

"远走他乡"之于他并非是什么"为了理想"，而是，那年他所在的广告公司"指派"他到内地分部工作，他当时的选择就只有"去内地"或"失业"，基本上是生活所迫，谈不上所谓的"理想"。

说到"动物性"，确有其事。至于说，那是不是曾令马先生感到耻辱，有没有为此感到后悔，只有当事人自己心里最清楚。或是说，当身为当事人的马先生在一次次振臂高呼地说了那么多"不耻辱"和"不后悔"之后，记忆，或许早已偏离事实而去，飘散在空中了。

毕竟，这个太多由人构成的社会生活中只有"话语权"而不再有真正的"史实"。

话说从头。

那是大概在朱莉消失的近十年之后，在职场上处于不上不下尴尬位置的马世谦到了内地。

不久，他完成了两个人生中的重要任务：他结婚了，他成了业内小有名气的Simon骂。

那不是一段计划中的婚姻。

初到内地，马世谦负责的一个客户工厂在深圳。差不多每两周，他就得从北京去深圳出差一次，每次根据工作情况不同停留两到五天不等。

不久之后，马世谦和一个跟他一样是单身状态的客户代表成了球友，两个人工作之余经常结伴在深圳打高尔夫球。

那个客户代表是首位主动跟马世谦做朋友的内地人，角色还是他的客户。马世谦对此心存感激，他对内地不熟，但他对孤独很熟，出于本能，他特别珍惜友谊，只要一到深圳，有机会就陪那位客户打球。

十几场球之后，他们算是交流出一些友情，两个人在深圳又都没有家眷，打球之后经常继续结伴去做足底保健。

马世谦本来对高尔夫球的兴趣就属于无可无不可，因而一旦发现新消遣，能打半场时绝不建议整场，两人倒是在按摩的地方消磨的时间越来越多。

这种状况大概持续了几个月的样子，马世谦的人生猛然发生巨变，他跟经常给他捏脚的捏脚工结婚了。

必须说明，他们去的就是一个单纯做足底保健的场所，并不提供别的服务，或是说，起码表面上并不提供别的服务。

后来成为马世谦太太的那位捏脚的女性，也不是一个水性杨花之辈。

一个并非水性杨花之辈的女性，在一个并非烟花柳巷的场所工作，跟客人之间发生了性关系。

这样的前提，似乎能推导出"问题必然在马世谦身上"这个结论。然而，世间男女之间，要讲"因果"容易，要讲"必然"很难。

在马世谦穿过"Simon骂"成为"马先生"之后，曾数次在公开场合回顾这个事件。彼时，马先生已经是具备话语权的公众人物，可以根据自己的需要进行一定程度的信口雌黄。他深知自己的这一权柄，他了解使用这种权柄的分寸，也清醒地知道，身为公众人物，偶尔分享一些貌似不堪的旧事，会让他自己"因为不完美而显得更真实"，继而他就可以借这个捏造出的"真实"发力，按自己心里想好的剧本继续虚构和塑造。

基于此，一个实则是懦弱加不堪的经历，硬被他演绎成了一个具有英雄气概的侠客如何有担当地处理了一桩无心之过。

至于"命运"，假使"命运"带着某种不可逆的成分的话，这里面最不可逆的就是年轻时候的马世谦，不止一次因下半身的唆使而从既定轨道上脱离出来，接受或制造一些发生，"犯了天下男人都可能犯的错误"。

如果对一些人说是"性情决定命运"，那么对另外一些人来说也有可能是"性欲决定命运"。

对此，马先生是这么解释的："我们常常误以为我们的命运是由自身强项决定的，而严酷的事实一再说明我们的命运是由自身短板决定的。马先生的短板，呵呵，不瞒您说，是'多情'。"

第二段用这样一个强调"短板"做开头，再一次拉近了和听讲者的距离。

和大部分时候一样，"人民"不会真的在意真相，"人民"只在意他们想在意的部分以及浓淡相宜的心灵鸡汤。

"揣测人民的期待"是马先生的核心竞争力，他特别善于在演讲当中把一切经历"心灵鸡汤化"。要知道"心灵鸡汤"的最大特点就是在短句里用大词，对于广告创意文案出身的马先生来说，他简直就是为"心灵鸡汤"而生的。

除了使用"心灵鸡汤体"，马先生还特别会引经据典。

"我们大家大概都知道崔莺莺和张生的故事，一对男女，一见倾心，又没见几次，嘿，他们就上床了。你们说，他们俩之间就凭红娘传递的那几个纸条，能有什么深度交流？我前几天看了一部韩国电影，名字叫《第二次爱情》，说是爱情，无非就是两个寂寞男女，一穷一富，一个有钱一个有力气，上床数次之后，再也离不开对方，不计代价也要在一起。所以什么是爱情，谁能给一个靠得住的答案？大家想必也读过张爱玲的《色戒》。里面有一句话怎么说来着？'到女人心里的路要通过阴道'，每次演讲，我说到这句，就会有几位听众给我脸色看，尤其女孩子，好像感到被冒犯。咳，要马先生说，我们大家也不用不好意思，不管在什么朝代、哪个国家，天下男女之事大抵如此嘛。所以说爱情这个东西，必须承认，它就是动物性的。我们现代人，多少感情不顺，就是因为我们太过强调用大脑而忽略内心，强调条件忽略了感受，强调'文化'忽略了动物性。我们大家不要以为动物性就是低级的、龌龊的。我这儿所指的动物性，不是那些拿来做交换条件的人肉买卖。真正的'动物性'，前提是讲求平等的：感受的平等，给予和接受的平等。女生永远不要在想到性的时候就手心朝下，觉得自己是施舍对方，谈到其他就手心朝上，认为自己应该得到很多。就您这手心一上一下之间，您已经远离了格调，也远离了爱情。所以，年轻人，咱们要活得心对心口对口。马老师认为，男人喜欢大胸妹，喜欢大长腿，就要想办法弄到手，人生才不留遗憾，当然你就是喜欢Kate Moss（凯特·摩斯）或桂纶镁那种平胸妹也要想办法弄到手。女生也一样，不论对方是大叔还是同学，看上眼的也不必客气，千万别把性当买卖去'经营'，能换宝马绝对不换单车，跟谁睡过就觉得人家对你产生了某种义务。把'下半身'和'后半生'捆死是女人最大的自我羞辱。请注意，越把自己当'东西'的人，在别人眼里就越'不是东西'。年轻的时候尽量单纯一点，一旦发现了喜欢的，不要想条件，也不要错过，自己不好意思讲，就让小姐妹去讲好了，闺密嘛，就应该互相当当'红娘'，一方面成人之美，一方面自己以后出去讲讲是非也要有新素材才能交到新朋友。"

台下对此又报以掌声和笑声。

马先生受用着自己一手制造的欢乐。

马先生说到"后悔"这个词的时候语气铿锵，等大家又一波的赞许结束，他接着借古喻今："大家知不知道，'张生'的原型是唐代著名诗人元稹。元稹多少年之后都对'崔莺莺'念念不忘，还说她'不妖其身必妖于人'。这句什么意思？啊，你们说他什么意思？没什么意思啊，不就是说：好你个bitch，爱上你是我人生最大的伤！可我们大伙儿但凡有点儿生活经验就知道了，bitch哪有那么好当的？是不是？元稹为什么对崔莺莺念念不忘，忘不了的是什么？要让马老师说，那忘不了的，可不就是莺莺的bitchy劲儿和他们那点儿床笫之欢嘛！"

趁听众讪笑，马先生进一步提出佐证："这可不是马先生杜撰的，就算不知道元稹，也不可能没听说过这两句：'曾经沧海难为水，除却巫山不是云。'都听过吧？这没听过就不是合格的中国人了。那这两句你们觉得他在说什么？说的当然是'云雨'，云雨是什么？当然是床笫之欢。那些过多少年之后还唇齿留香回味悠长，让人还想要可它偏就是再也要不到的那种被思念神化了的床笫之欢。"

至此，听众已经对"床笫之欢"这个敏感词产生免疫力了，马先生再一次成功地把自己的遭遇对应上了著名历史人物和著名文学作品。

看举例持续奏效，马先生正色道："以一个过来人，马先生对这一句感同身受。只不过，跟当初的元稹不同，元稹选择了始乱终弃，马先生选择了负责到底。"

台下此刻掌声再次响起。

马先生胸有成竹地享受了几秒掌声之后，恰到好处地补充说："当然它有我值得负责的地方，是吧，青春苦短，没有春宵，哪来的青春？来，为了那些唤醒我们神魂的属于青春的春宵，我们一起来听一首歌。"

背景响起李宗盛的《给自己的歌》。

在"想得却不可得，你奈人生何？"的慨叹中，马先生的形象再次升华。

实际的情况，不管他如何一再强调"动物性"和"青春"和"生命"的关系，那个故事本身也没有多少浪漫色彩可言。马先生成功之后的膨胀让他自恋地把自己跟元稹类比，而硬把捏脚工和崔莺莺放进同一个梯队，也是太欺负历史尤物。

那个事件本身，乏善可陈，不过就是一个新来的寂寞的外地人，跟另一个常住的寂寞的外地人遇见。他付给她钱，她捏他的脚，其间会有一些对话，无非是一个技术工人出于敬业地问："先生最近睡眠不好吧？"

"先生要多注意肠胃哦！"

"先生这里痛啊，最近是不是太劳累了？"

这种话，简直就是放诸四海而皆准的屁话。

只要是中国人，你问他关于"睡眠""肠胃""劳累"的问题，有几个能给出的答案是毫不犹豫的"我没问题"？

就算一开始答案确定，你再多问几遍试试，只要坚持问下去，本来确定的肯定能给问含糊了。

再往后，谁知道怎么了，反正一定有什么阴阳和合的氛围发生，这俩人，一个是憋到快自燃的壮年单身，一个是情窦初开的干柴火堆儿，因手指和脚底的密集接触，顺势烧到了一处。

况且，经过朱莉的教导，马世谦刻意想把自己改造成一个对两性关系不要有太多洁癖的人，只不过，他没想到的是这一次他没能顺利地逃离肇事现场。

"人类的'动物性'和动物的最大区别在哪儿？人类的动物性更注重质量。19世纪英国最伟大的艺术家王尔德说过：'有些时候，格调比真情重要。'这句，放在人的由动物性原发的情爱之中，尤为准确。那么格调是怎么来的？格调和这个世界上一切其他的气质一样，有一部分是后天磨砺，有一部分，对不起，它须得是天生的。就像莫扎特儿童时期就显示出作曲天分、邓肯学龄前就能教小伙伴跳舞。一般人能比吗？不能。那是老天爷赏饭吃。人的'动物性'里头有没有老天爷的赏赐所谓天分？当然有！这个就'如人饮水冷暖自知'了是吧？哈哈，我看我这个话题再讲下去，有几位品质特别高尚的女生要离席抗议了。"

马先生把对于第一段婚姻的"缘起"，收尾在一个似是而非的概念层面。究竟是什么导致了这段婚姻，没有人知道真正的答案，大家听到的一耳朵都是抽象的，对格调和天分称颂。然而，掩饰再好的自白也能露出价值观的端倪，那段"冷暖自知"的婚姻，始于马先生对对手的低估。

"你让我以后怎么办？呜呜呜。"事后捏脚妹哭泣着问。

马世谦沉浸在又一个首次探险的快感中，没回答这个问题。

那次发生，是一场意外。

马世谦在球场上崴了脚，他的深圳球友建议他打电话约捏脚工上门服务，那个足浴中心原本不提供外出服务，因他是熟客，网开一面。

马世谦在酒店修养了三天，捏脚妹上门来了三次。

她帮他松背捶腿捏脚，不管出于闲的还是憋的，总之到第三天，当她的手在他的大腿上顺着"肝经"来回游走了二十分钟之后，马世谦的肝未平，心火倒是被调动起来，依着"动物性"的发作放弃了对自己的控制。

在有次演讲中，有一个听众提问说："如果用三个词形容您的首任前妻，您会用哪三个词？"

马先生饶有兴致地回答说："如果让我用三个词形容我的首任前妻，那三个词会是：'浑圆''年轻''傻傻的'。"

那是一个没有预备的临时提问，马先生没预备地给了个诚实的回答。

抛开所有世俗偏见的误导，单看这三个词，多么美好。就算在马嵬坡当场拷问李隆基，大唐皇帝陛下对杨玉环的评价，就这三个词，也足以解释他们"天长地久有时尽，此恨绵绵无绝期"的传世爱情。

拨开浪漫的假象看人性的本质，哪个男的不希望人生中拥有那么一个到几个"浑圆""年轻""傻傻的"的女生？

然而人生的无趣就在于，事情总是不会止于有趣的时刻。人心之贪，遇上不好的想要好的，遇上说不上好还是不好的就幻想多几次会习惯成好的，等真遇上了好的，想的就是一要再要。

　　在"贪嗔痴"的恶性循环中，总是特别如鱼得水。

　　马世谦和捏脚工属于"说不上"的那种贪。床戏一旦发于情，就很难止于礼。马世谦被捏脚工的"浑圆""年轻""傻傻的"吸引，之后再到深圳，除了打球捏脚，又多了一项室内运动。

　　对于这个发生，马世谦并没有思量太多。

　　马世谦在朱莉和捏脚工之间在台北经历过两三次不成功的恋爱，那些注重内心感受的女生跟他不深不浅的感情纠葛和捏脚工跟他纯粹的身体交流外加她对他憨态可掬的崇拜比起来，像发生在另一个平行宇宙中。

　　马世谦没有爱上捏脚工，但他享受在她身体里的自己和在她眼中看到的自己。

　　她令他为自己感到骄傲。

　　不管是不是爱情，女人能为男人做到的最好的事，就是令他为自己感到骄傲，令他忍不住对自己深情款款。

　　"你问我台湾女生和内地女生的差别哦，因为我认识的大部分台湾女生就是台北的女生，因此，以马先生有限的经验，我会回答说：台北女生，到手比较难，到手之后一切就变得越来越容易。而内地女生，到手很容易，到手之后一切就开始变得越来越难。"

这是马先生对场上另一个听众提问的回答。从以上论调，对他内心对捏脚工的评价，似乎也能窥视一斑。

当年那位浑圆的捏脚工还是太年轻，她的"傻傻的"让她没认清她自己和马世谦的关系的本质。

她在跟他睡了无数次还没有看到他停歇的迹象时，出于本能外加跟小姐妹的讨论，决定把他们的关系往前推进一步。

有一天，马世谦打完球，看到捏脚工居然跑到场外等他。

那是她第一次出现在捏脚房和他的酒店房间之外的地方。

马世谦看到她之后立刻停下脚步，远远地，屏住呼吸看着她。忽然，他透过假想中的他人观看的角度，看清了几米之外的捏脚工：她等他的时候正在嗑瓜子，也许她等了很久，她脚边四周都是瓜子壳，马世谦看到她的时候，她还在不断地抖着一条腿并同时对身边所有路过之人积极地翻着白眼，以维护自己嗑瓜子的权益。

马世谦没有"看清"过捏脚工。在那之前，他跟她的关系不需要看，只需要闻、摸和摩擦。他像忽然被揭开眼罩一样被眼前这具他相当熟悉的肉体吓坏了。

自打这个时代在到处打着文明的招牌鲁莽地定义人类行为之后，"女人嗑瓜子"和"男人留长指甲"就是粗鄙的代名词。

当捏脚工离开捏脚和性爱的现场，马世谦看清了一个他无法接受的、嗑着瓜子抖着腿的粗鄙女人。她有的那点年轻的浑圆，在她的失控面前也成了"痴肥"，而她在他身边床上床下表现出的"傻"，放大在公共场合就成了"蠢"。

他忽然完全无法接受，像张爱玲说的"他的世界是浅灰石的浮雕，在清平的图案上她是突兀地凸出来的一大块"。

马世谦被这个"看清"愕出一身冷汗，他决定以最快速度让捏脚工从他的世界消失。

这个故事告诉我们，一个女人在一个熟悉的环境中享受到欢愉的时候，千万不要随意走出那道安全的防线。当一套策略行得通，不代表人生就可以忽略分寸，毁掉欢愉的常常不是他人的介入，而是随便乱发挥的没分寸。

然而分手又哪里像嗑瓜子那么容易呢？

马世谦从朱莉那儿学会了很多跟情爱有关的重要桥段，唯一没学会的是她快刀斩乱麻的分手秘籍。

他跟捏脚工提分手。

捏脚工哭着说："你让我以后怎么办？呜呜呜。"

她的台词和他第一次跟她上床之后说的，别无二致。

马世谦又持续提了几次，捏脚工就是这样以不变应万变地说着："你让我以后怎么办？呜呜呜。"

马世谦不会在哭泣的女人面前拿出更强势的姿态，捏脚工趁他没想出新对策时，立刻蹲下来给他捏脚。

马世谦在脚底被启动之后停了嘴。

捏脚工是个聪明人，发现这一招短期奏效，立刻不断复制。在马世谦每次跟她提分手之后，她都像上了发条一样马上给他捏脚。

"我是说认真的，嗯？我们不能再见面了。"

马世谦碍于脚在人家手里，语气也基本呈半瘫状态。

捏脚工不理，一边捏脚一边抹眼泪，他看到她在用手背抹掉脸上的眼泪时，把一把鼻涕黏在手指上，她也不管，还继续捏，马世谦感觉她似乎把她的鼻涕从他的脚底捏进了他的身体，他忽然对他跟她之间的这种关系产生了一丝悲心，她的眼泪和鼻涕，透过他脚底的皮肤和汗腺，进入了他的身体，他和她在这个宇宙中就拥有了共同的一部分。

那一刻马世谦悟到：一个男人在高潮之后精子借由一个女人的子宫跟她合二为一，和一个女人在悲伤之时鼻涕透过一个男人的皮肤和汗腺跟他合二为一，似乎并没有本质上的差别。

他看着她浑圆的指肚按压在他脚底，他看着她的眼泪鼻涕经过充分挤按消失进他的脚底，他心一软，又把跟她的分手延迟到了下一次。

更糟的是，马世谦每次心软之后就忍不住再来点儿别的动作。在他这套软硬兼施的拖沓之下，捏脚工困惑了。为了跟自己明确目的，马世谦学电视剧里的套路，使出男人世界的两大法宝：道歉和给钱。

捏脚工接受了歉意和钱，但她还是继续哭着问那个问题："那你让我怎么办？呜呜呜。"问完还是继续执着地捏他的脚。

等马世谦道歉道腻了，钱也给得接近他内心的底线，看还不奏效，只好照猫画虎地以朱莉留给他的心理阴影当撒手锏：消失。

原本，深圳这个城市，本质上就有点"无中生有"的调性，按道理说，从这样一个城市消失不是一个太有技术难度的事儿。

马世谦胡乱编造了些借口避免去深圳出差，也决意不回捏脚女工的任何短信，同时不接听任何号码不明的电话。

马世谦以为这样就能万事大吉，哪知，就在他本着始乱终弃的决心企图把这桩丑事完全放诸脑后之时，一天，他正在工位上对着电脑发呆，有人拍他肩膀，他一回头，竟看到那个跟他相熟的深圳的客户代表，他迅速调整好意外的心情笑脸相迎，就在那个人身后看到了那位捏脚女工。

"她都跟我说了。"深圳球友意味深长地拍着马世谦的肩膀，说出了以上六个字。

从他的眼神和语气推断，马世谦完全判断不出"她都跟我说了"的意思到底是说了什么。

为避免引发不必要的议论，马世谦赶紧把这两个人带到楼下咖啡店。

落座之后，深圳球友没有久留，"托孤"似的把那个女的交给马世谦，说了句很具有哲思的话："一个人人生在世，可怕的不是受过伤害，可怕的是因为受伤害而学会了伤人。"然后他站起来，意味深长地第三次拍了马世谦的肩膀，说了句"船到桥头自然直"就忙自己的去了。

马世谦完全不明白他说的是谁的船到了谁的桥头。然而出于对这位球友"客户"身份的敬畏，他只能默不作声地接手了捏脚工。

捏脚工非常珍惜来之不易的重逢，拿出持久战的决心，不论马世谦如何表情嫌恶恶语相向，她就是跟在他身后寸步不离，一直跟到了马世谦家里。

马世谦的教育和胆量都不允许他打女人，因此他只能透过做爱的方式合理化他内心喷薄而出的怒火，让憋屈统统化为性欲。

性爱真是全世界最奇特的交集，它是唯一一个能让羞辱和光荣同时发生的战场，也是唯一一个能把凌驾与取悦难分难舍揉碎在一起的肉搏项目。

然而，马世谦再次失算了。

他的发狠不仅没有吓退捏脚工，反而巩固了他们之间的关系。捏脚工对他所有的床上攻势都积极应对，甚至还适时适度地挑起反攻。

马世谦在他们交媾的过程中渐渐感到某种平等，那是他在深圳与她苟合时没有见识过的，而"不平等"原本是他嫌恶她，甚至是他嫌恶自己的源点。想不到，平复心情的良药，在恶意的冲突中被发掘。

马世谦似乎借此发现了一项纾解生活烦闷的新出口，他把他在工作环境中受到的压力和委屈也带向床笫转为他跟她的肢体冲突。

他所有的暴力在捏脚工有计划有设计的对抗中最终意外升华为互相满足的性游戏。

就这样，没用多久，他们就从原来说不上来是什么的暧昧主宾关系成了实打实的奸夫淫妇。

并且，不管马世谦说了什么做了什么，只要他一偃旗息鼓，她还是立刻翻身下床蹲下去开始给他捏脚。

她"举足齐眉"的姿态有效地暂时平复了他对从这个世界上获得尊重而未果的委屈。

"谁说一个女人要留住一个男人就照顾他的胃，马先生告诉你们一个真理：一个女人要留住一个男人，就要按住他的脚啦。蛇的软肋在七寸，熊的软肋在胸前的月牙，男人的软肋绝对在脚底。天杀的，真是无法抗拒被点到关键穴位的爽快，啧啧啧。难怪张艺谋拍得出《大红灯笼高高挂》。中国的'足底文化'应当申请非物质文化遗产。"

马先生那段不幸婚姻的开端，除了跟元稹挂钩，还牵扯上张艺谋和申遗，也值了。

马世谦跟捏脚女工结婚的契机极为老套，就是捏脚工有一天忽然宣称自己怀孕了，在马世谦跟她领取结婚证之后不久，她又宣布自己流产了。事态真伪难辨，也不必辨。所有劣质电视剧之所以长期有市场是因为劣质的剧情确实长期地发生在寻常百姓家。

认识他们的众人在背后八卦这个事件的时候，有过以下两种猜测：一、马世谦当时刚到内地，摸不清状况，出于胆小怕事，只能认命；二、他们的性交流质量太高，无法抗拒。

这都是众人解读给自己听的。

这两个人的婚姻，尽管始于被讥讽和没祝福，且隐藏着门不当户不对的风险，但接下来的一年多，如果诚实地记录，也算过得不赖。

捏脚女工成为马太太之后上演过一段励志的戏码，于家庭中，她勤恳地照顾丈夫，从做菜到理财都按照马世谦的规格孜孜以求从头学起，且态度特别诚恳，只要马世谦挑剔的，她都虚心接受且尽量改正。于家庭之外，她独立自强学人家做传销，满世界去卖化妆品和维生素。马太太有备而来，不仅特地报了学习班学传销，还发展了几个在北京捏脚的老乡作为她的下线，每周定期组织聚会，研发传销战略。由于马世谦，捏脚女工在捏脚界是一个被神化的风云人物，她也乐得利用她自己的神化，把所有他人的好奇都尽可能转化成她的销售数字。

马太太会在每晚帮马世谦捏脚的时候听他吹嘘他的工作表现，她不仅迎合他的吹嘘，同时，作为一个具有学习精神的人，马太太经常向马世谦讨教怎么给产品做"广告"。在过滤了马世谦多余的修辞之后，马太太去伪存真，还真是学到了一些广告的皮毛，不久，她甚至给自己的传销团队编写了专属的口号，在请马世谦帮忙修改好之后，她把那句话印在T恤上赠予她的下线："一张嘴，两条腿，永远不气馁！"

她依旧浑圆、年轻，但她把"傻傻的"变成了"积极向上的热情"，简直就是标准"人妻"模样。

她还是爱嗑瓜子抖腿，但按照马世谦的命令不去公共场合去嗑去抖，不久之后，马世谦就受传染跟她一起在家嗑瓜子抖腿。

"堕落"是撒旦在人间最拿手的娱乐项目，简单易学，童叟无欺。马氏夫妇很快就像两个旧时代的瘾君子，嗑着瓜子抖着腿地维系了一阵婚姻生活。在那儿，因拥有同等的麻木，麻木成了彼此最实用的包容。

"一个对自己的事业有神圣感的人总是可爱的。我太太对她做传销的神圣感，改变了我对她的看法，也改变了我们婚姻的质量。我非常佩服我太太，虽然，的确是我改变了她的命运。但是，她并没有坐享其成，她知道学习。前面我跟你们说过，两个人相爱始于必要的动物性，那持续一段关系，就需要彼此尊重。以这个角度思考，我的确，对我的首位前妻有过一定的尊重。"

马先生在演讲中如此中肯地评价他的前妻。

他的中肯或许来自他渐渐养成的情商，但在当时，"中肯"还是无法让那段婚姻持续太久。

有一天晚上，马世谦在家对着电脑赶一个文案。马太太传销回来，带着一股户外的寒气，热情地塞给马世谦一瓶酒。

"我今天去阳光上东的王太太家，又鼓动她给老公、儿子、公公、婆婆都买了新出的那款保暖纳米内衣。这么一算，我这个月光内衣就挣了八千多！哦对了，我还给公司报损了一件，其实也没啥大问题，就是有点抽丝。老板心情一好也给我批了，我偷偷把那件报损的给了王太太的婆婆，我跟你说过吧，王太太跟她婆婆面和心不和的，咳！哪个女的能跟婆婆处得好！幸亏你妈死得早。王太太对我好，她婆婆活该穿抽丝的！我把好的那件留下来了，老公你穿！这种纳米的贴身穿，紧，也看不出男女。哦对了，我走的时候王先生给了我这个，说是他们代理的好酒。我跟你说吧，可有意思了，他一开始也没打算给我，我拿准了那个王先生爱面子，我就一直夸他这酒，夸得他坐不住了，就给我了。哈哈！王先生说让我带给你品品，我跟他说我老公一柜子酒，都喝不过来！他问我你爱喝什么酒，我说我哪知道，瓶子有方有圆又都是外国字，我不认识也记不住。嘿嘿，你说我回答得对不对啊老公，那些个瓶子是我在电视剧里看来的，活学活用！结果王先生一高兴，把这个给我了，我说我老公不喝白酒，王先生说，不是白酒，是日本酒。管它呢，有便宜不占王八蛋。反正用嘴说来的，你爱喝就喝，你要是不爱喝，我明天用它给你做三杯鸡！"

马世谦有一句没一句地听着捏脚工的唠叨，眼睛和脑子都没从电脑上离开，直到他太太把那瓶酒递到他手边。

那是一瓶"白州"，他打开瓶塞，涌出一阵久违了的他熟悉的一款whisky的味道。

那天是小雪，窗外，隐约能看到入冬后的第一场雪在夜色中翻转着它们的晶莹。

冷，然而好干净。

马世谦听到马太太在他身后一边忙碌地做着家务，一边欢快地在几米之外唱着"爱情不是买卖"。

她一边唱，一边用一只脚的脚后跟击打地面，地板被她持续地碰撞，发出有节奏的响声。马世谦搞不懂，他太太如何能像机器一样敲击出如此整齐的节奏，整齐到自带一股乏味和庸俗。

他端起酒杯闻了闻，想把自己藏进酒里。

"白州"不是什么贵得他舍不得买的酒，而是他一直在回避它的味道。然而，终于，它还是没跟他商量就来到他面前。

他就那么闻着，久别重逢，渐渐地，他闻到一种被掩盖的孤独，那孤独拖着复杂的余韵，像一个失散的知己，尽管样子被沧桑模糊，然而味道暴露了曾经彼此多么熟悉。马世谦鼻子一酸，屏幕在他眼前模糊起来，他赶紧倾斜酒杯挡住脸，斜得略急，酒扑进喉咙，他咳了两声，眼泪进了出来。他端着酒站起来走向窗边，等站定，他用手背无声地擦了擦脸上的泪痕，手背碰到脸的一瞬，他想起了朱莉的真丝手绢，和跟她一起消失走远的她的香。马世谦的眼泪密集起来，窗外的雪花在他时疾时徐的泪光下婆娑着、轻舞、走远。眼泪和雪花清洁并隔绝了杂质，只剩下马世谦和那杯"白州"，他把自己放进初冬的雪花里慢慢抿完那半杯酒，酒因掺了眼泪，略走了味。

马世谦和捏脚女工的婚姻两年后结束了。

关于这段，马先生从来没有在他的演讲中提及，主要是不论如何粉饰，也粉饰不出什么拿得上台面的桥段。

那两年里，工作中的马世谦渐渐不再是那个初来乍到备受精神霸凌的新人，同僚们对他的称呼也从最初的"哎""小马"，变成了带有一定阶级称颂的"Simon骂"。

从捏脚工转为传销界精英的马太太，在他们结婚初年逢人就以炫耀Simon的业绩为主题赞美自己如何"旺夫"。

Simon乐得马太太到处散布对他们自己的溢美之词，这个世界上，只有赞美和晴朗的天气是最不容易令人生厌的。

当然，在Simon心里，他从来没感谢过他太太抽象的"旺夫"，他非常清楚他的那些看得见的成绩多半来自另外一位女性的青睐。

那时候Simon所在的公司服务一个国际著名日化产品品牌，对方的市场总监是一个早些年留美的台湾女人，年近五十依然单身，一个人在北京，也没有太多融入本地的热情，日常生活单调，特别有时间精力抓业务。

这位大姐对Simon颇赏识，在他们的公司通过比稿之后，她特别嘱咐法务草拟了一个以附件出现的约定，指名道姓地要求公司安排Simon始终作为该品牌的创意总监。

那是Simon人生中首度扬眉吐气的一个阶段。

台湾大姐毫不掩饰对Simon的偏爱，尽管多数时候她相当严肃且苛责，但每当Simon提案，她都会忍不住面带笑容，就算不同意他的创意，也会和颜悦色地表达。似乎他在场的会议，她的心情就放松了许多，即使不是他主导的创意，她也会在最后总结之前加上一句："Simon怎么看？"然后等他表态的时候，她再和颜悦色地看着他。

她看他的表情很像一个妈妈在看她的小孩：鼓励多于结论，欣赏多于判断。

是啊，一个女人能给一个男人的最好的嘉奖就是对他"产生母性"。

马世谦也不辱使命，在这位大姐的鼓励和欣赏中专业技能飞速提升，只要大姐在的场合，他的发言都声情并茂，越来越像一个职业的演讲者。

同事们审时度势，集体快速对Simon刮目相看，然而在刮目相看中难免掺杂了些嫉妒和非善意的揣测。

当一个人在异性的主场中猛然受到欢迎时，难免会遭到其他人的嫉妒和非善意揣测。这也不能怪那些非议者，可不是吗？一个人受到另一个异性的特别关注，按照惯常的逻辑，无非就是两种可能：一种是利益，一种是情色。

以Simon当时的社会角色，明显并没有能力跟大姐有利益关系，那么，大众以成见判断，也就只剩下"情色"这个唯一的解释了。况且，Simon理由不明的婚姻容易让别人把他跟"情色"往一起联系。

好在这些非议并不至于失控。毕竟那个日化品牌每年的广告投入在Simon所在的公司占总流水的三分之一，很多人在非议他人的时候都会止步于不影响个人利益的程度。这个适度的克制，给了Simon和台湾大姐交情升温的可能。

　　不久后，除了在本职工作上不遗余力地提携，大姐还慷慨地跟Simon分享了她的理财资源。

　　Simon活到三十几岁，关照赏识他的人屈指可数，因而他非常惜福，怀着感激和积极跟在大姐后面谨慎地发了一笔不大不小的横财。

　　一个男人的运势决定了他的姿态，拥有空前自信的Simon像快速浓缩了人类进化史一样，从初来乍到时那个略微驼背缩肩、见谁都微微低着头的马世谦，成了腰板渐渐挺直跟所有人都对视的"Simon骂"，扶眼镜的频率也从过去的一分钟三次骤减成了三小时一次。

　　"我们中国人讲'士为知己者死'，换马先生说，这句只是半阕，首先应该是'士为知己者生'。何为'士为知己者生'？就是说，只有少数特别幸运的人生来就自信满满，多数的你我，一辈子，最幸运的事，就是遇见个把赏识你的人，把你于不自信的苍茫之中叫醒，让你发现，原来我也并非一无是处。我们台湾地区的名嘴陈文茜女士有一篇采访著名大导演李安的文章，题目叫作'脆弱教会我的事'，我建议大家有机会的话都看一看。在这篇文章里，李安分享了一个人如何接纳和面对自己的脆弱，以及如何培养自信，其中很重要的一点，依旧是要有来自他人的肯定。因此，我非常感谢这位明确给过我非常多肯定的女士。恐怕连她自己都不知道，她带给我的改变和给过我的帮助远远不止大伙表面上看到的那些。"

这是马先生对那位台湾中年女性的评价。

事实也是如此。

受到偏爱的Simon茁壮成长，成了那一年年底4A界业内颁奖礼中获得奖项最多的创意总监。

"你们不要认为我今天在大家面前口若悬河是天生的，当然不是。我在三十岁之前，一年说的话的总和，还没有现在一天说得多。我在那年，遇见这样一个伟大的女人，请注意，我用了一个很重的词：'伟大'。我想问诸位，你们认为伟大和了不起的差别是什么？嗯？伟大和了不起的差别在于，了不起的人，只成就自己，而伟大的人，则善于成就他人。如果我没有在三十几岁遇见那位成就我的伟大女人，我今天还在沉默中自卑。所以马先生说'士为知己者生'——因为赏识你的人，你才会真的活出自己，才可能有之后的'士为知己者死'——一个从来没有自信的人，连想为谁牺牲都是一种奢望。"

在这一段感慨中，马先生既没有引经据典，也没有列举个人遭遇。他把自己品行中最宝贵的两样：感恩和忠实，留给了那位给过他重要提携的中年女性。

这位重要的中年女性，成就了Simon的职业生涯，也导致了他的辞职。

在广告业口口相传的野史中，记录的是一则桃色事件。

有好多年，Simon骂只要参加广告业的活动，人们在向陌生人介绍他的时候，都会眨眼强调说："这位就是'The Simon'。"

Simon骂忽然宣布辞职，对这个决定最不能接受的是马太太。她略一打探，就听说了她丈夫和大客户之间的"奸情"。

"奸情"在Simon当时供职的公司是不被默许的，他服从公司暗示，及时辞职。

正牌马太太当然接受不了。

自从认识马世谦开始，她在他面前就从来没有过任何话语权，这一回她意外地被推上了道德的制高点，有机会扬眉吐气了，当然不能放过他的错误给她带来的宝贵机会。

"家里什么没有？是不是，我哪件事没伺候好了？你说你实在要搞破鞋也不是不行啊，可是也得挑啊！怎么连那么老的女人都搞啊？还戴眼镜，而且一点胸都没有！你们俩都把眼镜摘了能看得清什么啊！还搞什么搞？！"

"老""戴眼镜""没胸"是马太太的主要宣传点。

大部分正常的女人都很在意她们的情敌，因为"情敌"的重要特长往往能对应出自己的欠缺。

然而这一次，马太太不愿意去看她的"情敌"的"特长"，因为情敌的劣势太刺眼，刺激了她的传播欲。

想当年马世谦说了多少羞辱她的话都没让她感到自尊受伤害，这回他"出轨"了一个她看不懂的女性，马太太的自尊受到了极大的伤害。

这桩丑闻经由马太太的到处诉苦很快在行业内建立了知名度，大家兴奋地奔走相告，三位当事人以如此迥异的背景并排出现在一个桃色事件中，令事件本身非常具备传播价值。

马太太顾不得介怀当初正是同一拨人在传播她"捏脚工"的背景和先奸后娶的逸闻，她需要舆论的支持，女人的委屈总需要舆论支持才显得有价值。

"捏脚工怎么知道人家没胸？"

"说是看见了。"

"啊，这是在哪儿看见的？怎么看见的啊？！"

"要我说那女的，就她一个捏脚工她还嫌弃人家呢，人家老是老，起码高学历、高收入。"

"呵呵，这是什么世道？美国名校毕业的高才生给一深圳按摩女当了第三者。"

"不奇怪，就是这种世道，剩下的都是高学历、高收入的。"

"学历、收入有什么用啊，大姐年近半百，都该绝经了吧。"

"要说这个Simon也真是荤素不忌啊，从深圳捏脚工到美国老处女，别人不要的他都收了。"

舆论也未必真的"支持"了马太太的情场利益，但舆论的确损害到了马先生的职场利益。

所有之前令他得势的因素都成了他被八卦、被诋毁的理由。当时非议过他的人们总算松了一口气，大家都在交换八卦的时候感叹着自己的明察秋毫或料事如神。

"早看出来了！"

"我怎么说的来着！"

"就告诉你没那么简单！"

"对岸人民的世界真是只有彼此才懂啊。"

"4A界继Z-media的CEO娶小二十岁的前台之后就'Simon骂睡年长二十岁女客户'这条新闻最轰动了吧！"

"还真是，大二十岁了，这简直是母子恋啊！"

"Simon为了公司利益也是拼了，年纪大这么多，怎么睡得下去啊。"

"什么为公司利益，他这也算是釜底抽薪了，就凭他那样的，如果不傍客户，怎么就成总监了。"

"可不，抓住机会还不两眼一闭赶紧睡。灯一关睡谁都一样，灯一开自己就不一样了，这灯一开一关的，他这样的，就混成总监了，划算啊！"

"就是，要我说他真是要什么没什么。"

"没错，他的那些个创意，真是不敢恭维，留着也是公司的耻辱。"

就这样，以绯闻开始的议论如数转化成了对他的专业技能的质疑。

大家在贬损他的过程中获得了安慰。

Simon有他自己的底线，他能接受他的私生活被议论被嘲笑，但他不能接受他的专业水平受到怀疑和诟病。他迅速地找了另外一个工作，想以事实证明他的能力并非纯粹来自私情。

当然，对"私情"背后的"真相"，Simon如承诺中一样守口如瓶，即使在他选择自杀、坠楼昏迷的时刻，也没有对任何别人吐露半个字。

真相是，那位中年女性是一位女同性恋者。Simon发现她和自己一位女同事的恋情时还松了口气，那之前他拿捏不准她对他的赏识中有没有别的企图，他也看不懂她跟他暧昧不明又总是点到即止的行为里有多少是需要他主动发挥的伏笔。

幸好他困惑了没多久，就发现了真相。中年大姐的爱人是跟Simon一个公司的客户总监，已婚有子，长着一张怎么看都无公害的脸，又特别沉默，放在什么场合都"若隐若现"的，相当百搭。她总是会被台湾大姐安排一起出差，包括Simon在内的所有人都没有联想到真实的人物关系。

大姐基本上算是主动对Simon出柜的。在那个时间、地点、人物的背景之下，这种大方出柜，是密友级别才可能有的信任。

Simon为此很感动，那个感动对他来说是特别的，他人生头一次领悟到：只有不想跟人分享的感动，才是更深刻的感动。

那之后Simon成了另外两位女士约会的挡箭牌，而有外人在的场合，Simon甚至会蓄意跟大姐表现点暧昧，唯恐别人不猜疑他们。

他用他能做到的友情和忠实，努力报答着她给他的赏识和信任。

"在座的男生要特别注意，马先生告诉你们，一个男人这辈子最重要的品德就是'义气'。为什么我们中国人多少年了玩儿命看《水浒》，读《三国》？令我们着迷的是什么？要马先生说，就是那份义气。而一个男人，一辈子，遇见个把值得你对ta仗义的人，是很大的福报。"

这是马先生每次透过给别人的演讲，对自己的感慨。

然而世上之事，一切皆有因果，所有的欢喜都得用苦难换，无事不报，分毫不差。

尽管有Simon的义气做掩护，事情还是走向一个无法挽回的转折点。

那次是那个日化品牌的一个重要庆祝盛会。
品牌以台湾大姐为主导，邀约了重要合作单位的合作人到一个山庄过周末。

Simon受到邀请，心领神会，当然是故意推辞了可以带太太的条件，他好轻装上阵专心给那两位需要暗地痴缠的女性打掩护。

一个职场中人，但凡有成绩又有权力，难免树敌。台湾大姐到最后也没分析出是谁向他们亚洲HR部门投诉了她私人生活的问题。

不管是谁，她都面临职业生涯中的重大危机，只不过，危机的程度可以从"与合作方发生不正当的婚外同性恋"降低到"与合作方发生不正当的婚外异性恋"。

Simon在关键时刻主动挺身而出，代人受过，硬背黑锅，算是把提携他的这位知己可能面临的损失降到了最低点。

马太太当然不知道这些内幕，或是，就算她知道，以她的阅历恐怕也无法理解。

每个人的境遇都和ta的承受力成正比，上天从来也不会给一个人真正无法承受的境遇。在这样的一个事件中，Simon完成了他这辈子作为男人最重要的品德建立，从"士为知己者生"到"士为知己者死"，他推崇的义气，他做到过。

身为事件女主角的台湾大姐也不是等闲之辈，在Simon勇于背负骂名的同时就利落地辞职走人，以损失利益来平复传闻，把可能伤及她情人名誉的风险降到了最低点。

相比之下，马太太失控得到处博同情倒成了整个事件的唯一闹剧，让这桩以讹传讹的八卦像是散落在烂泥里的一地鸡毛，既没意义，也无法收拾。

Simon不久之后找到了一份新工作，然而新环境适应得很差，马太太没看出他的压力，还沉浸在道德获胜的亢奋中，有机会就拿难听的话刺激他，Simon自顾不暇，就提出离婚。

马太太当然不肯离婚，然而挽留得也不太有章法。她自认为今非昔比，自己已不再是无依无靠的捏脚工，而是一个有存款、有朋友和有一些生活经验的真正的城里人。她不再延续上次马世谦提分手时的哭泣和哀求，而是从小姐妹的作战建议中精选了一套由"不离婚""不原谅""不吃亏"构成的"三不方案"，从叫嚣要去Simon的前公司说理到叫嚣要去Simon的现公司说理，间或伴有胡乱摔东西和胡乱买东西，热闹混乱地折腾了好一阵。

以上这些的发生时间都在大约十年前，那时候，"Simon骂"已经不是"马世谦"，但还不是"马先生"。

在实在不堪忍受新公司和马太太的双面夹击时，某一个下午，Simon跳楼了。

"多少年之后，我还是想对那个站在十二楼窗台上的青年说：'没什么大不了的啦。钱没了可以再赚，工作不好可以再换，被女人搞就算还情债。一个男的，从男孩到男人，谁不是从搞别人和被搞的过程里成长的。没有过不去的坎儿，更没有人值得你拿命换。'"马先生如是说。

然而觉悟从来也不会从天而降，十年前那个站在阳台上的Simon，就是自认被生活所迫活不下去了，就是失去了最后的耐性和信心。如果必须跟当时那些羞辱共存亡，那他的决定就是跟羞辱一起死掉。

Simon的新工作是在一家内地的广告公司工作。作为一个业内资深人士，他带着光环和丑闻从国际公司到了国内公司，处境可想而知。

刚入职不久，Simon就遇上刁难。当然了，对一个广告从业者来说，身为"乙方"，遇上刁难简直天经地义。

这一次，刁难他的客户也不全是针对他。

那是一个乍富的内地品牌，有钱有势有市场有时间，刚开始跟国际品牌学着怎么用广告公司。和所有乍富的物种一样，他们选择一切的标准就是要看起来"显贵"。

通常叫嚣对钱无所谓的人就不会真无所谓，叫嚣只是他们提醒他人自己多有钱的一个戏码而已。

客户选了以贵著称的Simon所在的团队，之后，唯恐吃亏，所以有用没用的都使劲用。

新学使唤人的都特别咋呼，生怕被看出没主子样，因而特别刻意地不拿乙方当人，没事儿就开会，一开会就否定，说不出什么是"对"的人，特别擅长说"不对"。

Simon负责这个品牌的新品创意，提案当然特别不顺利。

到了那个他决心跳楼的下午，已经是他们对同一套产品的第12次提案，前面的11次都被否定了，并且否定的理由是七嘴八舌之下的颠三倒四。

前头说"刁难他的客户也'不全是'针对他"，因为还是有针对他的部分。

那个品牌的负责人里头，有一个担任市场经理的中年男人，不知是对Simon的丑闻有个人厌恶，还是对台湾地区的风土人情有特殊偏见，反正从一开始就看Simon不顺眼，针对性明确地专门挑他的不是。

所有与他相关的八卦都如影随形地跟他一起进了新环境，女同事们为了表达价值观路过他或他的座位时都尽量绕行，男同事们为了讨好女同事也尽量跟他保持距离。这样一个逼仄的工作环境，节骨眼上，又碰上了一个想要充分行使权力，又随时看他不顺眼的客户。

而另一方面，屡屡提案不过耗费了人力物力，Simon所在的团队也有怨言，大家又不敢直接惹金主，只好根据每个人不同的阶级尽己所能地对Simon表达不满。

Simon又一次被孤立了。

在上一家公司被孤立是因为有一个特别赏识他的客户，这一次被孤立是因为有一个特别厌恶他的客户。

Simon在这样腹背受敌的过程中还要应对险象环生的离婚大战。

Simon决定自杀的前一天晚上，下班回家后发现他的电脑和音响不见了，这两样是他在家使用最频繁的电器。头几秒钟他以为有人入室行窃，再看看屋里被洗劫的风格，基本肯定了是捏脚工及其亲友团所为，而他当时急需电脑修改隔天要交的提案。Simon相当焦虑，权衡了一下自尊和工作的紧迫度，不得不打电话给他那位太太。电话在几次被挂断之后终于接通，还没等Simon开口，那边就传来一个陌生男人的声音，对方用威胁的语气警告了Simon，大致意思是说如果不按他们的要求给捏脚工请罪和补偿，就等着更多意外发生。Simon没等对方说完就挂了电话，然后又冷又饿地在家里坐在地板上发了一阵呆。

忽然，楼下锣鼓喧天地响起扭秧歌的音乐，那正是马太太每天必唱的《爱情买卖》。Simon内心的悲凉和无助被这首网络歌曲催化成愤怒，他一时失去理智，到厨房找了个洗菜盆，接了半盆冷水，打开窗户，向着音乐响起的方向泼了下去。

窗外忽然安静了几分钟，之后，他听到激烈的敲门声伴着愤怒的叫骂。敲门和叫骂持续了不知多久，Simon被恐惧降服，硬着头皮去开门。

门刚一打开，腹泻一般喷进来几十个中老年妇女，气势磅礴地集体对着他骂了半小时。最后的收场方式是Simon赔了5000元现金，作为"毁坏音响的修理费"和"造成个别老人受惊吓的精神损失费"。另外，他还应要求当场写一份检查，不仅要深刻检讨他个人的无礼和莽撞，还要立字据表示从此以后再也不对任何楼下的活动发表负面言论和搞破坏。

否则，她们"保留追讨他的权利"。

Simon照着中老年女性的要求给了钱也写了检查。

等她们满意地走后，他筋疲力尽地跌坐在地上，大概待了几十分钟之久，他才感到他被吓飞了的灵魂从他脑顶的穴位悄悄溜回他的身体。那一刻，Simon忽然觉得他输给了全世界，那个当下，他唯一能对付和唯一敢对付的只有他自己。他一腔羞恼无法排解，只好抄起那支刚才用来写检查的圆珠笔，对着盘坐向上的两个脚底一通乱戳，边戳边愤怒地骂道："你说！为什么会有今天？！嗯？！为什么会有今天！！因为你们要爽是吧？爽够了没？啊！我让你爽！看你以后还要不要？！看你以后还要不要！！"

两只脚的脚底被他自己戳破了好几处，刺痛转移了心疼，Simon在处理自己伤口的忙乱中总算结束了惊心动魄的一天。

翌日下午，即是Simon的团队经历的第12次提案。

会议在无解的对峙中消磨了两个多小时，客户代表在总结发言的后半段集中贬损了Simon十来分钟，苦于没有新词，又不肯罢休，只好宣布先中场休息。

Simon和同事们一起从客户的会议室出来，他走向走廊尽头的窗边，其他同事走向走廊的另一边，自动和他划清界限。

他站在窗边给自己点了一支烟，推开窗，眺望远方。

深秋，黄昏中的北京，夕阳在对面楼后头探出余晖，那团半圆的橘色的光亮让整个楼体像佛龛上供奉的塑像，忽然就透出了神圣感。

Simon想起他初来北京的时候对这个城市的想象，以及对自己在这个城市中可能实现的那些理想的想象。

甚至，由于那时候的他对内地完全没有概念，曾有那么一些时候，在努力游说自己坚定来内地的信心时，马世谦想象过，只要有足够多一样的7-11和星巴克，只要再佐以足够的重复和等待，说不定有一天，当他再次冒失地打翻了什么东西的时候，抬眼就会和朱莉狭路重逢，或，遇见一个像她一样的女子。

那个想象，曾经让内地在他心里是一个充满玫瑰色的乐土。

那些想象和他之前所有的经历放在一起，此刻再看，竟然成了一个毫无喜感的笑话。就如同他此刻正在剧烈刺痒的脚底。那些被他用圆珠笔戳破的伤痕正在是否要愈合的过程中达不成共识，它们参差不齐地在疼痛中生长，它们的生长没有刺激出更剧烈的疼痛，而是不停地发出比疼更让人难以忍受的刺痒。

Simon觉得他的脚底简直就是他人生的缩影。他刺痒难忍，可是他没有任何方法解痒，他不能当场离开，他也不能当众脱了鞋安抚他的脚心，他甚至不能跺脚镇压那些刺痒，他怕他的同事们把他的跺脚错会成对他们的宣战。他对他自己的身体提出的最基本的需要，束手无策。

Simon沮丧极了，他猛烈地抽烟，试图借此来弱化脚底的刺痒。那些他自己吐出来的烟在他面前一团团散去，姿态中，有一种带着佛性的妖气。

Simon在那些烟里面忽然对人生的轻重产生出一种颠覆的认识。

那个时刻，他不想再忍耐他脚底的刺痒，如果这个世界上没有人能如他期待的一样，在关键时刻给他支持和保护，他不愿意让他的脚底体会到同样坚硬冰冷的孤立无援。

Simon决定立刻解决掉那些刺痒，他必须要让他的脚底获得应有的舒服和尊严。

Simon正这样想着，会议室的大门打开了，从里面传出客户代表"赶紧进来"的吆喝，Simon猛地生出一股清冽的勇气，毅然决然地回头瞪了那个门一眼，丢出很大声的一句："你喊什么！没教养！有钱了不起吗？老子不进去了，看你能怎样！"

说完他把烟头丢在地上，从容地使劲踩灭那个烟头，然后在客户和同事们错愕的注视中快速爬上阳台，纵身一跃，从开着的窗户上跳了下去。

三、马先生

"上世纪90年代，我在美国短暂游学期间听说过这样一个逸闻。一个汽车销售，二十几岁，一事无成，在外人看来烂事无用。被这种眼光看久了，他自己也常年自暴自弃，什么不堪来什么。终于有一天，他因吸毒过量晕厥后被送到医院，救治无效，宣布死亡。这事之所以成为'逸闻'，当然不是因为自暴自弃和吸毒，而是因为这位仁兄在被医院宣布死亡之后的第二天，又复活了。我们都知道，有很多人有过濒死经验，比方说美国的这位，比方说马先生我。我在从十二楼跳下来的时候，短短的几秒钟，经历了我这一辈子最深刻的一次忏悔——对造物主的忏悔。那天急速坠落的过程，一度，我的身体因重量先行一步，心脏则留在了空中，心脏主导着的智慧，让我在眼看失去生命的时候最透彻地明白了生命的可贵。回望这个经历，最不可思议的是，我真的在那几秒钟对造物主进行了忏悔。那个忏悔包括我对它给予我生命的感谢，以及它让我经历各种遭遇的感谢。在表示出感谢的一瞬间，我内心感到一股巨大的力量，那个力量叫作'原谅'。我原谅了那位在我青春初年玩弄了我的情感的上海女士，我原谅想方设法嫁给我又想方设法卷钱离开的我的前妻，我原谅了那些欺凌我的客户和污蔑我的同事。在完成所有这些原谅之后，我如释重负，然后，我掉在橘子上了。"

众人笑，赞许地仰视着总能恰如其分泪中带笑的马先生。

"你们一定不信，不信一个人可以在几秒钟里面完成那么多内心的修复。不单你们，连我自己回忆起来都觉得匪夷所思。多少次了，我自己在家做实验，用秒表计算时间，把那天所思所想在心里统统过一遍，计时。计时了多少次，都没少于三分钟过。而我知道我从十二楼掉下来不可能掉三分钟，因此我相信了'神迹'，这是一个跟'宗教'无关的、单纯对人类之外的能量的存在的相信。无独有偶，我刚才给各位讲的那位卖车的哥们儿，嗑药，死了，然后又复活了。他也相信了神迹。他在复活之后，成了一个画家，要知道他此前从来没学过绘画。这件事拿来跟各位分享，不仅因为他跟我一样：死过，又活了，然后脱胎换骨。更有意思的是那哥们儿在接受采访的时候，说了一段跟我几乎一模一样的体验，即是在他濒死的片刻，他感受到神迹，并且，及时忏悔，然后得救，接着他获得了某种新的能量，成为一个画家，专门画天使。据说很多人触碰他的画作能感到身心被疗愈，这个我本人没见过不敢瞎说。但我知道自己在自杀之前和自杀之后内心的变化之大。马先生想要跟大家分享的是：人太渺小，世界太大，人的一切苦难都来自把自己看得太重要，佛教所说的'贪''嗔''痴'，说到底都是心魔作祟的无中生有。如果能调整一下角度，多看看世界之大，就没什么过不去，更没有什么想不开的了。作为一个连死都尝试过、实打实的'过来人'，马先生可以相当负责地告诉你，这个世界只有两个字组成，这两个字叫作'因果'，如果你还对此有所质疑，只是因为尚且不具备足够的眼界看清'因果'。"

相信因果的除了跳楼的马先生，还有家住北京市朝阳区的人民群众王韬。

王韬原本是一位小学音乐教师，学校改组，王老师不大情愿地提前离了校。幸而他生性乐观，掩盖了委屈，尊重学校安排，用"天无绝人之路"安慰他太太也安慰自己，夫妻俩拿出一部分积蓄在住地附近开了一个小卖铺，经营点日用小百货。王韬并没有到退休的年纪，身体健康，又加上热心，到处给自己找事儿忙活，不久后，在小区里的活动室组织免费音乐课程，教附近那些失学的农民工的孩子上音乐课。一个跟他学过音乐的孩子，家长是水果摊贩，那年全家决定换个城市求生存，临走，为表示感谢，一家人把之前订好了的一车橘子免费赠予了王老师。

王韬感受到对方的诚恳，为鼓励善念，故欣然接受了。

然而橘子数量过多，以他的小卖部的吞吐量无法消化。

两天后，眼看橘子有变质的风险，王韬听人建议，跟门口卖菜的商贩借了对方进货的小卡车，载着一卡车橘子，找了个上下班人流集中的地段停了车，打算在人多的地方卖卖橘子，冲冲销量。

等车停好，王韬从驾驶室出来，在旁边找了个空地，把事先写好了"退休教师有机柑橘"字样的一个纸卷摊开，刷上糨糊，正准备摆上贩卖招牌。

王老师的招牌还没制作完成，忽然，从空中轰然掉下来一个人。

那人以15度斜角带着动力和速度栽向橘子堆，溅起几股橘子汁和十几个橘子，头冲下脚朝上，把自己插在了橘子堆上。

插进橘子堆的人是Simon。

因为那一车橘子，决心赴死的Simon最终只受了点轻伤。等从晕眩中回过神，为了报答救命之恩，Simon以五倍的价格买下了那一车橘子，并和王韬一起愉快地把没被他砸坏的橘子分送给路过旁观了这一生命奇迹的各位路人。

就这样，才下车不到15分钟，王韬老师成功售罄一卡车橘子。从此王老师在继续经营小卖店和免费教孩子的时候又多了个谈资，除了"天无绝人之路"，还有"好心必有好报"。

一周之后，仗着自己连跳楼都不害怕的勇气，Simon终于如愿离了婚。他的捏脚工太太也没吃亏，Simon多年的积蓄以及跟着台湾中年女性做理财赚的钱都分了她一半。

悲壮谢幕的马太太回了深圳，她用离婚分来的钱自己开了一家不大的捏脚房，继续以捏脚房为基地传销保健品，一跃从技术工人变成了小业主。她和马世谦的婚姻始末成了捏脚业被传播最多次的传奇，而她个人的转型事迹也成了被咋舌称颂的励志故事，从深圳被传诵至全国多个城市，激励着一拨又一拨的按摩届新人。

不表。

马先生在自杀未遂离婚成功之后，回台湾休了一个长假，其间参加了一个培训心智的课程，那个培训中心叫作"方圆"。

"很多人都问我，什么是'心智培训'？简单地说，'心智培训'的理论基础就是：只要拥有正确的方法，任何人都能掌握你想掌握的任何事。关于这一点，我从我的Talk show《马道成功》播出第一集的时候就有人质疑我，说：'马先生，这怎么可能！'马先生不用告诉你这怎么可能，马先生只需要问你一个问题，今天的你，想不想像马先生这样成为一个相对赚钱容易、相对受人尊敬的所谓'成功人士'？我相信答案是肯定的，否则你不会付费看节目，更不会交钱来现场。因为你们知道，我，马先生，和你们大多数人一样，没有过人之处也没有任何有势力的亲戚。所谓的Can be can bibi，意思就是，如果我马先生这样的一个人都可以成功，那么还有谁不可以？是的，告诉你一个即将改变你人生的重要观念：一切都有可能，成功就是可复制的！这就是'心智培训'的核心'方法论'。"

台下的掌声分贝到达本次演讲最高点，很多观众在鼓掌的时候眼中闪着泪光，为从此过上不一样的人生充满虚妄的感动。

"说回我和'心智培训'的缘分。你们大概要问了，当初是什么动力让我去接触了'心智培训'。按道理说一个死都不怕的人，还需要什么心智提高？好，让马先生来告诉大家，正是因为连死都不怕了，我才不再害怕面对自己的短板。很多对哀欢敏感、对人性好奇的所谓'性情中人'都可能经历对自己的'心智'有怀疑并有要求的阶段。不知幸或不幸，马先生是个性情中人。挫折给了我审视自己审视生命的机会。一个男人一辈子的重要转折，常常是从承认自己的不足、面对自己的短板开始的。要知道，一个人遇上什么样的处境，是好是坏，谁决定的？是你自己。甚至，一个人什么时候遇见什么样的人，谁决定的？还是你自己。你们不要以为，我这么说是故弄玄虚，有的人，有的事，就算近在咫尺，假使你的心没打开，你一样视而不见或失之交臂。在今天演讲的开头我就说过，一个人人生的得失，只有少部分会取决于一个人的强项，另外的大部分则取决于一个人的短板。在面对自己的短板，修复自己的短板之前，我们的心都是盲的，一个人的心一旦是盲的，你的行为当然就是盲的。那么即使你在盲与忙中获得了些什么，也会因为不快乐而陷入下一轮的茫然。其根本的问题就在于，我们被我们的短板限制在一个脆弱的狭隘中了。我们从小被教育说这是一个唯物的世界，错！这个世界'本身'是不是唯物的我不知道，然而每个人感知到的世界当然是唯心的。马先生可以负责地告诉你们，即使同样的处境摆在面前，不同的人心也能度量出不同的发生，因此，要改变处境，势必要先修整心境。"

因自杀而获得觉悟的马先生在认识到改变处境势必要先修整心境之后，他选择留在"'方圆'培训"，继续"深造"。

宗教自古以来作为最有效的"洗脑方式"成为大部分人在人生遭受重大挫折后的首选，也有一些人会选择"心智培训"这类以"类宗教"面貌出现的替代品。

首次加入宗教或"类宗教"团体的人都容易矫枉过正，马先生也不例外，他沉溺于"方圆"之后，开始全盘否定过去的生活。

后来被马先生说成"脱胎换骨"的这段时间里，他像一个宗教分子一样虔诚、自律、清心寡欲、淡泊名利。不仅每日三省己身，还不厌其烦数以千万遍地对一堆一堆不同的陌生人说"我爱你"，说完就劝人家加入培训，反复以自己的改变感召他人，不管最终对方同意或反对，他都会保持谦恭继续说"我爱你"，说得情真意切。

对于"方圆"，马先生不仅从心理层面全盘接受，从技术层面也积极进取。他不间断地参加了该培训的所有课程，还利用闲暇不求回报地给培训课当着义工，边学边实践，最终，他成了一位享誉"心智培训界"的新星。

大概两年之后，在他的多次提议和积极联络之下，"'方圆'培训"在内地组织了第一次培训，也就是在那次课程中，马先生的命运再次发生了重要改变。

马先生重返内地，物是人非之时，人心特别容易感慨。他人生中的又一位女性章菁菁就出现在这个时机。

是年三十岁的章菁菁是一个精力旺盛的女性，常年活跃于各种社交团体，特别精于交际，非常在乎"机遇"。

章菁菁自己开一家咨询公司，没有固定经营项目，业务主要靠"资源整合"，在上海的社交圈，她是因交游广阔而小有名气的Grace章。

假如笼统地划分现代人的"生存之道"，大致分为三种：一种靠技能，一种靠关系，一种是两者的混合体。

Grace没有什么特别的技能，所以主要靠第二种，因此她特别在意"人脉"。来参加这个培训就是因为听说学员中有很多中小型企业的企业主。对Grace来说，这个人群是她产生生产力的主要人群，因此她兴致高昂地来了。然而，在几天的课程之后，她被心智培训的内容理清了思路。章菁菁和马世谦最大的不同在于，起初马世谦看重的是"心智"，而章菁菁在意的焦点是"培训"。她看到了一个比倒腾关系更稳定的商机——拥有一个类似的蛊惑人心的培训机构。

她心里飞快地盘算了一下市场的容量和每年可能的流水和利润之后，眼神忍不住为之一亮。

就在她眼神一亮的那个瞬间，刚好，马世谦正转头看到她，两个人对望了几秒。

那天，马世谦在他们首次内地培训课上做义工，为避免大家对培训方式不理解，他扮演一个学员。到了一个叫作"寻找知己"的游戏环节，他转头，在几排座位之外，看到一个短发大眼睛的女生，她的眼神跟他的眼神对上了，没有躲闪。两个人对望了几秒之后，那女生眨了眨眼，见两人的目光都没有躲闪，那女生就向他走了过来。

马世谦当然不知道在此之前Grace有过什么样的内心盘算，他一厢情愿地诗意化了她发亮的眼神，然后带着诗意的浪漫情怀迎着她走去。

在就快要走到她身边时，他停下来，像修行的人忽然了悟了禅定一般，就那么停了几秒，站在一个"空"的状态中，恬适而浩瀚地，等着她走向他，他好确定他为他们定义的心有灵犀。

就这样，他们的对视如同导航一般，指出一条明确的道路，Grace当机立断，顺着路径，穿过其他人，走到马世谦面前，跟他面对面坐下来，坐定，开始了一个关于"信任"的重要练习。

也许所有"穿过人群的见面"都不是没有原因的。也许在那个练习之前，他们已经透过短短的注视完成了"信任"，他们陷入莫名的互相吸引，在互相的错觉中，开始一段铤而走险的旅程。

一年后，Grace成了马先生的第二任太太。

"既然我们今天要讲情感话题，那么马先生就有义务对各位呈上最真实的感悟，即使看起来不是那么美好的。我在我人生中第三段重要的情感中获得的教训是：男人和女人之间，最大的情感悲剧并非是负心或移情，最大的情感悲剧是：一个人是性情中人，而另一个不是。比如我和我伟大的Grace章女士。至今为止在我们的关系中都没有任何'他人'的介入，我们的问题就是自身的问题——关于性情不对等的问题。在这里，我想把这个讨论放大，从狭隘的男欢女爱，延伸到一个民族对快乐、对欢愉，乃至对幸福把握的能力。几年之前有一个社会新闻：我们有一位记者，在街头采访一个老先生，问他：'您幸福吗？'老先生回答'我不姓付，我姓曾'。这个对话听起来有点乌龙，一度引发我们对'我们幸福吗'这个主题的热烈讨论。无法回避，有一个占比很高的困扰，似乎是：我们拥有的越来越多，我们感到幸福的时刻越来越少。你们有没有想过为什么会这样？有没有得出答案？以及在你们心里，对幸福的定义又是怎样的？马先生我作为一个以演讲混饭吃的小培训师，才疏学浅，当然没办法站在宗教或政治的高度，给出深明大义的回答。既然说情感话题，我倒是很想从情感的界面跟您去分享一下'为什么我们如此不容易感到幸福'。之于我，答案很简单：在我们所处的环境中，'性情中人'比例太少。这句话怎么讲？比方说我们每个人都接到过推销电话，问你要不要买房，要不要贷款，要不要投资。我们几乎每个人都接到过诈骗电话或短信，让你汇款到哪儿。这些行为的目的非常单一——'获利'。你不要马上鄙视这些。这还只是显像的恶意的唯利是图。那些隐像的是什么？比如我们的电视广告上竟然堂而皇之地说什么'不要让孩子输在起跑线上'，这句话多么糟糕！如果，一个人对人生的定义就是'输赢'，相信我，不论你输了什么赢了什么，你都不会感到幸福。幸福不是一场较量，幸福是一种由心而发的，以'共善'为前提的'自善'。再来，我们看到很多人，尤其是年轻人，越来越注重'人脉'，越来越多人在谈论'圈子'。我不能简单粗暴地说这对或不对。但'人脉'的底里是什么？马先生告诉你，'人脉'的底里就是'攀附'，就是趋炎附势！是当你遇见一个人的时候，你内心的评估不是感受对方的心灵、思想或审美，而是立刻判断对方有没有用，有多少用。甚至我们在计划学一项技能的时候，内心的评估也是这东西有没有用，有多少用。'有用'是一个非常'势利'的思维模式。诚然，'势利'的确可能让一个人走近名利，但'势利'绝对不可能让一个人走近幸福。所以怎么接近幸福？当我们遇见一个人，我们试着从内心去感受，而非透过大脑去分析。就像我们对待工作的态度，能不能让'有趣'在你的心里高于'有用'？为什么近年来大家开始重新推崇'匠人之心'？因为匠人之心基于的是'有趣'，基于的是'性情'，基于的是对'内心'的忠诚，而非功利或'分析'。只有远离势利，回归性情，远离交易，回归分享，你才具有了接近幸福拥有幸福的可能。"

说完这段话，背景音乐再次响起，这一回大家听到的，是马先生亲自挑选的《清平调》。

在"解释春风无限恨，沉香亭北倚阑干"的句子中，马先生长舒了一口气，不是叹气，是对自己有所交代的深呼吸。

演讲到了这个时候，仿佛到了一个人的中年，人从需要对别人有交代，开始转为只要对自己有交代。不知不觉中，马先生变得越发诚实起来。他表面上看起来像在向众人宣告着的，是他对自己的宣告。他恳切给出的关于性情的"告诫"，正是他跟Grace一场姻缘中他自己最大的挫败。

那年，在他跟Grace穿过他人走向对方的时候，他在他们的眼神交汇中看到了"爱情"，而她在他们的眼神交汇中看到的则是"机会"。

在这一场很难以是非高下去定义的"误会"之中，最令马先生尴尬的不是他未曾拥有他幻想过的"爱情"，而是，他始终没离开过Grace构架的"机会"，即使在他们分道扬镳之后，马先生持续走高的知名度，只有一半是因为他独立的节目和演讲，另外的一半则因为他和Grace长期高调地互相攻讦。

在他们每每在公共平台上发表的较量中，基本上完整"连载"了这样一个故事：马先生随培训机构到内地开课程，来自上海的Grace是他们首批学员之一。

他们在课程设置中成为"死党"，她毫无芥蒂地对他敞开心扉，那种因求知而来的信任在他的学生中并不少见。如果Grace对"方圆"和"心智"的认识仅限于此，那么她和马世谦也不会牵扯出一堆之后许多年都剪不断的爱恨情仇。

要命的是，她在对他敞开心扉并有所领受之后，没完，而是立刻转身用他教她的方法，反过来要他对她敞开心扉。她表现出对"切磋"的高昂兴致和她对他本身的高昂兴致令马世谦惊喜而感激。她的鲜活和锲而不舍，把那个让自己藏在麻衣布履中演了好一阵清静的马世谦，叫醒了。

他爱上了她，她看上了他。

经过一段不长的磨合，两人欢天喜地携手进入各自生命的新阶段。

"如果Grace再早或再晚出现，她的出现对马先生我就是无效的。我们常常听说'对的时间遇见对的人'，什么是'对'？不是对错的'对'，而是对号入座的那个'对'。嗯，意思就是，'对上眼了'。我至今还记得我爱上Grace的那个瞬间，那是我们在她的培训结束之后，有一次她来找我讨论一个方法论。讨论完，她在我对面沉思了许久，然后，她抬眼跟我说：'马老师，你知道吗？你一定会成为一个领袖人物。'为了证明她自己没看走眼，此后她又坚持不懈地用了很多不同方式告诉我'你一定会成为一个领袖人物'。说真的，我几乎是被她的诚意打动了。每当她对我说这句话的时候，眼睛都亮极了，到今天我都怀念那个眼神，那么炙热，那么单纯，里面盛满她对你的信任和期许。一个女人，就算你打多少肉毒素去改变你的面部肌肉，但，只有内心的热度才能让一个人的眼神同时闪烁炙热和单纯。我被那个眼神捕获，我的心里有一个声音对我是'对，就是她了'。看看吧，诸位，男人的世界是如此简单，让一个男人陷入爱情只需要两步：一是让他以为你懂他，二是让他以为你需要他。Grace不愧是个中高手，在接下来我们的交集中，她就是点中了'懂得'和'需要'这两个致命的穴位，让我最终成为她忠实的裙下之臣。我今天多次提到王尔德，而这位备受我推崇的天才有一句旷世名言：'爱自己是一场终身恋情的开始。'马先生在这戏仿一下：'让对方更加爱自己是一场坚实恋情的开始。'"

Grace结束培训之后开始了和马世谦的约会。那是一场关于"懂得"和"需要"的演练。在整个约会过程中，Grace以熟练的技法，时刻让马世谦感到自己的重要。

马世谦人生中第一次感到一个女人对自己如此感兴趣，他被她深深地感动了。他几乎是毫无保留地跟Grace分享了自己的过往，毫无保留地跟她分享他在"方圆"的心得。

马世谦从Grace投入地聆听和频繁地附和中获得被尊重被欣赏的高度喜悦，他完全没有意识到，在"非性情中人"的Grace眼中，他是一个接近完美的"案例"，他的转型具备高度复制的可能。

不久，"'方圆'培训"招生的合法性被质疑，财务受到审查，几个主事人本着息事宁人的态度，在缴纳足够的罚款之后，结束了在内地的培训。

此刻，马世谦已经跟Grace进入热恋，Grace没有费太多口舌，就说服马世谦留在了内地。

后来，有传说是Grace写信给相关部门质疑了"'方圆'培训"在内地发展的合法性，以破釜沉舟的策略推进了事态的发展。

不论这个传言的真假，总之，不久之后，马章二人就迅速办理完成注册事宜开始了他们自己的培训。

两个人在创办培训中心之初分工明确，由马世谦充当主要培训师并负责课程安排和培训师的招募，销售出身的Grace担起了推广和销售的重任。

他们合作默契，不久就建立了口碑。"也不能说那不是爱情。在我们最初的交集中，Grace对我的兴趣之高昂令我忍不住都想对自己刮目相看。男人哦，一生要经历两个严酷考验：一是性主导了爱，这个我们在前面分享过了；另一个，更重要，就是每一个男人，都会'像个孩子一样渴望被赏识'。Grace的厉害就在于，她让我以为，我获得了内心深处渴望已久的赏识。在我们刚开始交往的时候，一度我坚定不移地相信世界上真的有'百年好合'这回事，而Grace就是命中注定要跟我'百年好合'的那个女人，找到一个能跟你琴瑟和鸣的人是不容易的。在跟Grace遇见之初，她确实满足了我对'门当户对'的一切美好想象，然后她用接下来的几年，不断破坏这个美好。我们最大的分歧在于，培训对我来说永远以人为本，而任何事对Grace来说，盈利都是唯一目的。最初的所谓门当户对在伤害对方的时候特别'势均力敌'。

我跟她，就好像李敖和胡因梦，不幸的是，在我们俩之间，她是李敖，我是胡因梦。"

台下爆发出笑声。

马先生每次在谈到他和Grace的关系时，情绪会根据两人当时的事业发展情形略有调整。如果刚好赶上对方得意的事业旺季，他的出手就会更猛烈。如果适逢Grace在萧条期，马先生的感慨就会温和许多。他们的不共戴天里，奇怪地延续着最初的合作精神。

这种合作精神始于两人建立培训机构之初。很多媒体都记录了当年他们两人那场高调的婚礼，基本上，那应该说是他们培训机构最大的一次"市场营销活动"。

马世谦在婚礼进行中声情并茂地把他抑郁自杀的经历又说了一遍，大概因为他用了一些"技术手段"，现场来参加婚礼的来宾中有两个受到鼓舞非站起来承认自己曾经罹患抑郁症并有过自杀经历。婚礼场面在一片同病相怜的感怀中漾起同情和支持的热忱，大家在跟陌生人说心里话的过程中好像忽然重拾了"让世界充满爱"的信心。接着，婚宴中伴有"心智影响"功能的游戏带动了无数现场来宾，又透过来宾主动的传播和Grace安排的媒体采访而让这个别开生面的婚礼长久地成了一个成功营销的经典案例。

据说，受婚礼部分内容影响，不到一个月之内有超过百人承认自己曾经自杀或得过抑郁症，有超过百对恋人选择了结婚，同时有超过百对夫妻选择了离婚，还有超过百人选择了换工作或换一个地方生活。他们的培训经由这场婚礼的消息短时间之内简直像病毒一样迅速传开，过程中被赋予了宗教般的神秘色彩，人群慕名而来，机构迅速扩张。

马世谦和Grace既是夫妻又是搭档，工作生活风生水起，有那么几年，他们经常双双出现在杂志的名人采访中，是负责励志令人艳羡的"爱人同志"。

"一个人人生中的最大觉悟，就是千万别认为自己觉悟了。只要你一旦产生那种'觉悟'的自满之感，上天就会给你派发一些具有新高度的挑战，让你知道，你距离'觉悟'还差得远呢，最多是陷入另一个'错觉'而已。我在我人生自以为具有觉悟的心境之时，遇见Grace，她以她对这个世界天赋异禀的贪婪，打破了我内心平静的假象，开始了一场马不停蹄的忧伤，至今余孽犹存。鉴于她在我周围不懈地努力，直到今天，马先生也没敢再随便觉悟。哈哈，我看有几位笑得特别开心。是啊，大伙有没有发现，每当我们感到烦恼试图向人诉说的时候，经常有人会跟我说'看开点，那都不是事儿'。我告诉大家一个真理，这个世界上，只有一种事儿不是事儿，那就是'别人的事儿'。我丝毫不隐瞒我对此的看不开，也非常感谢这个'看不开'成了我人生新一轮的重要动力。接下来要跟大家聊的，就是你们从别处听说最多、最感兴趣的人物关系——我和我的第二任太太Grace，事业是怎么成功的，情感又是怎么失败的。还记得我们今天的主题吗？接下来我们要进入情感话题的第三个阶段：当我们遇见门当户对的另一半。'门当户对'作为一段优质情感关系的前提，你们知不知道它最怕什么？马先生告诉你，它最怕两个人企图改造对方。比如我跟伟大的Grace，正如我之前所说，我们相识之初，她最打动我的，是她对我的看穿和看好。她用我教会她的教练技术，反过来教练我，敦促我建立了重新规划自己的决心。然而，这一股热情在持续了一两年之后，反而成了我人生最大的负担。这个过程，让我弄明白一件事：为什么中国的女人，不论有钱没钱，好像感到快乐的特别少？根据我的观察是，她们在跟伴侣相处时，特别容易产生一个误区。是什么呢？中国女性最大的情感误区就是总是企图改造对方。她们对伴侣像对儿子，特别喜欢抱着'望夫成龙'的决心，玩儿命地想教育对方；而对儿子呢又像对丈夫，非要黏住不放拿儿子的女朋友当假想敌。这两种情感方式，都极不健康。记住马先生的话，一个女人，如果你试图改变你的伴侣，不论你们在一起多长多短，都不会是一个愉快的过程。我之所以决意到今天没有小孩，就是因为我在我的第二段婚姻中，分明是我自己在扮演着Grace的小孩，且感到自己有巨大的责任和压力要让Grace这位志在必得的'虎妈'在人前显贵，因我的表现扬眉吐气。再说一次，情爱的悲剧不是移情或负心，情爱的悲剧是两个人在'性情'的层面不匹配。作为一个性情中人，我的人生观是有足够的能力去感受这个世界，作为一个非性情中人，伟大的章女士的人生观是有足够的能力去占有这个世界。"

马先生用了一个比喻，把他和Grace的问题变成了"社会问题"，这也像是他们互相默许的游戏规则，在他们曾经有过的互相歌颂和互相抨击中，并没有太多细节的记载。好像高明的政客，越是重要的戏码，越是用最概括的简化方式去记录。

马先生在歌颂Grace的时候，他对她使用最多的形容词是"聪明""冷静"和"讲求结果"。这正是马世谦自己最缺乏的三种特质。等到了他们交战的阶段，这三个词变成了"狡诈""冷酷"和"唯利是图"。如果本着以和为贵的前提，也不是不能把这三组六个词分别归为"同义词"的行列。

有别于马世谦长篇累牍地到处诉说叙述，Grace的回应看起来更加简洁彪悍。并且，她从不浪费任何素材，总是把一切她对他的还击和瞧不起都包裹在她一次次的业务推广当中。

Grace在把马世谦踢出他们的培训机构之后，调整了培训机构的市场策略，把重点放在了女性市场，她的宣传口号即是她最近的畅销书书名：《你需要的不是男人，而是野心》。这个由十二个字和一个逗号构成的句子不仅在几个月之内就创出了超过百万的励志书销量，还让Grace成为新一代的女性精神领袖，尽管她的演讲水平跟马先生不能相比，但她对"心智"的活学活用明显更胜一筹。

每每Grace只是站在台上把她的畅销书书名从陈述句变成疑问句，以一声高过一声的嘶喊重复到足够遍数，现场就能形成她预期中的崇拜她的气场。

Grace是那样的一种女人，她内心对目标有一种定力，她才不会因为没达到预期而怀疑自己，她只会因为没达到预期而加倍努力。

就像她现场的嘶喊，只要在场的女性人民同呼吸共命运的齐声回答没有到达她希望的分贝，她就会在自己定力的支持下不断问下去，直到那个结果令她自己满意为止。

"我们需要男人吗？"

"我们需要男人吗？！"

"我们需要男人吗？？！！"

......

这样的问题，只要坚持问下去，总会收到"不需要"这个回答。

等收到第一个答案后，Grace就会乘胜追击，在众人业已被撩动的情绪中举起她的著作，大声继续问：

"女人需要什么？"

"女人需要什么？！"

"女人需要什么？？！！"

受她不断启发和摇动着手里的畅销书动作的影响，台下的女人不久也争相举起她的著作，大声说出"野心"这个Grace事先预备好的答案。

就算偶尔碰上个别冷场的情况，Grace只需要在这两个问题之间再加一个过渡的提问，女性群众就会自动回到她需要的魔咒中。

"男人带给女人了什么？"

"大声说出来，不要怕！"

"男人带给女人了什么？"

"大声点，我没听到！！"

"好，再来一次，让你自己听见，男人带给女人了什么？？！！"

台下十之八九都会齐声回答："伤害。"

然后Grace就可以继续回到她既有的呐喊，最后让人群振着臂跺着脚有节奏地把"野心"喊它个几十遍，喊到大部分妇女飙出了眼泪，模糊了视线，这种自发的沸腾通常还会持续个一两个小时，俨然像一个邪教组织的成员在膜拜教主。

众人在日常累积的各种压抑中得到宣泄，Grace大功告成收钱走人。

基本各得其所。

Grace是人生赢家，她赢在足够相信自己，她赢在为自己的相信付出了足够多的努力和坚持。

Grace的赢，赢得实至名归。

至于她心里是怎么想的，没有人知道。

也或者，Grace心里怎么想的一点都不重要，事情的发展完全符合她当初的构想：他们在一起，他们又分开了。不管在一起还是分开，都没影响她的成功和马世谦的成功。是的，他们成功了。就算这个过程中他们的情感经历了聚散，聚散再猛烈，也都没有跑出过她勾画的"成功"的蓝图，那才是她Grace唯一在意的重点。

要说同样作为"范本"，Grace才更极致地表现了"心智培训"中"方法论"的精髓：只要不被任何情绪影响了对目标的认定，你早晚是人生大赢家。

或许为自尊故，马先生在自己的主场总是表现出对Grace的那种"成功"的不以为然。

为了体现区别，马先生总是在强调了"方法论"之后，把事情导向一种看似更玄妙的"情怀"层面。

"一个人不论成功与否，都不能没有'价值观'。那什么才是正确的价值观？就是当你在评估一个结果的时候，除了结果本身，是否这个结果还让他人感到'情义'的存在。我知道在座的各位当中，有很多大概对我们的所谓'成功史'非常有兴趣。今天让马先生跟你分享一句肺腑之言：成功这件事，基本上，是命里带来的。你们听了可能会感到失望。心里说了，不对啊，你刚才不是说只要方法对谁都能成功吗？你这不是自相矛盾吗？对了，这句话本身也是一个'方法论'——当我说'成功是命里带来的'这句话的时候，为什么你的第一反应就把自己归在了'没这个命'的那一类？哈哈，被我绕进去了吧。Listen，people，如果你想成功，任何其他发生都不应该成为影响你的元素。但成功需要在每一个单独事件中提高心智，比方说接下来我要讲的这个道理：你们大概都听过台湾有一首非常红的闽南语流行歌，叫作《爱拼才会赢》，里面有一句歌词说'三分天注定，七分靠打拼'，我跟你们说，以马先生拙见，所有的所谓成功，绝对不是'三分天注定七分靠打拼'，而是'三分靠打拼，七分天注定'。我们就说那些我们熟悉的人，比如常年在建筑工地搬运的，那些每天不断打骚扰电话问你要不要银行贷款的，哪个不是每天起早贪黑，跑断腿说破嘴还永远不气馁，然而有几个能成'了不起的比尔·盖茨'？再比如说我最熟悉的两个女性，我的两任前妻，要比辛苦程度的话，一定是首位前妻更辛苦，但，到目前为止，以'成功'这个标准去衡量，当然是第二位前妻Grace的成就卓然。

"再拿我自己举例，几年之前，当我第一次踏入'方圆'的课堂，根本无法想象，不过是短短的几年之后，我就拥有了一个跟'方圆'一样的培训机构，甚至发展速度比'方圆'还快速。当然更想不到又没多少时日，我前妻就把这个培训机构占为己有，而我成了一个靠写书卖说四处赚吃喝勉强度日的所谓'名嘴'。呵呵，这不就是造化弄人吗？

"去年圣诞节，我去夏威夷休假，其间有空又重读了一遍《金瓶梅》。台下但凡此处发出笑声的人，一定是没有好好读过《金瓶梅》，要么就是没有好好思考过《金瓶梅》。多数时候我们会粗暴地认为《金瓶梅》是一本情色小说。错。《金瓶梅》是一本讲成功学的巨著。别笑，这不是马先生牵强附会，在这本书里面，西门庆出场的时候不到三十岁，身份不过是一个药房小老板，存款以现在的估算来说不过百八十万。才不过几年，他就成了财雄一方的著名成功人士。靠的什么？难道是打拼吗？当然不全是。靠的是选对了时机跟对了人，以及，前提是他有'家世巨富'这个命。没错。大家不要把成功这个事儿看得有多玄妙。只要有命，再加上选对了人，做对了事，用对了方法，成功不是难事。然而大家不要忘了，成功是为了什么？为了活得更快乐更自由是不是？如果快乐是目的地，那成功是我们通往快乐的一条船，船小船大，都是为了摆渡，终极是为了要到对岸，结果，有多少人跟船较上劲了，倒把对岸给忘了。

　　"这就是我在这个段落要跟大伙分享的重点，看一个人，不一定要看他怎么成功，但一定要看他成功之后是怎么样的心境。有没有更慷慨更仁慈，有没有因为成功而更接近快乐。如果你拿这个问题来问我：你快乐吗？马先生诚实地告诉你们，我不快乐。人世间没有任何遇见和停留是无缘无故的。马先生遇见了Grace，一起登上了成功的贼船。很多人在自谦于自己的成功时都会说'只看狼吃肉不见狼挨揍'，我告诉你们，挨揍算什么！我心里一直有一个预备，等以后老到没力气跟这个世界计较了，我就写一本书，把那些我在今天还无法以平静的心绪说出来的遭遇写下来，让诸位看官自己品品。如果换成你们，用这些遭遇换一个成功，有几个人愿意承受，能够承受？

　　"有一次我看一部纪录片，说昆虫世界里某一种螳螂的关系，我就想到了我的第二段婚姻。你们知道，有一种母螳螂，在跟雄性螳螂交配的时候会把对方吃掉，不是随便吃掉哦，是有计划地先慢慢吃头，这样一来，雄螳螂即使在成为对方食物的时候腰部以下都还会惯性使力，不会停止做爱直到精尽虫亡，获得过满足的母螳螂再从容地把那个刚刚给她提供过服务的身躯慢慢吃干净。Grace跟我，打从一开始，就是母螳螂和食物的关系。我被她生吞活剥，还在为她卖命。即使包括此刻，也很难说不是一种在劫难逃。所以，各位，这就是我刚才说的'价值观'。一个人如果获得了成功的结果是完全无法给他人带来'情义'的感受，那就未必是一种正确的价值观。"

马先生诉说遭遇时不失时机地暗讽了Grace。他的义愤难平也可以理解，在跟Grace离婚，同时被她清出他们共同创办的那个培训机构的时候，马先生是被迫"净身出户"的。

尽管，后来马先生在各种场合都是以颇感自豪的姿态提到他当年的"净身出户"，但明眼人很容易看得出，马先生在那次跟Grace的博弈中基本"完败"。

当然，随着这个"完败"因为成了他制作个人视频节目的契机而再一次被美化成不只是"励志"的创业经典。可马先生自己清楚，"聪明"并"狡诈"的Grace在跟他的较量中的确总是能略胜一筹。

她不仅在争夺财产的时候表现出丝毫没有妇人之仁的大将风范，且之后在他们持续的较量中，她也总是能拿出剑走偏锋的招数回应前夫的挑战。Grace一贯行事果断，她总是等马先生马不停蹄地在节目里碎碎叨叨用他的多种旁征博引到处说够了之后，她才言简意赅地回应一次，每次不超过三句。

她没有马世谦那么感性，也没有他那么喜欢分享，甚至，她连对爱恨的感受也没有那么敏感。

因而她并不怎么恨马先生，就像她不怎么爱他一样。

也不能说完全不爱。

Grace也记得初次见面的场景。

在他们"穿过其他人，走到一起，面对面坐下来"之后，马世谦毫无挂碍地对她讲了很多他过往的人生遭遇。

Grace没见过这种见面不到十分钟就赤诚相见的场面，面前那男人的表达中有一种娓娓道来的魅力。他在诉说失败经历时不多不少的自嘲和脸上出现的适度的尴尬表情都在分泌一种令人信任的气息。比这些更重要的是，这男的自己并未意识到他自己的优点。

一个男人最大的优点就是他们忽视他们的优点，就像好看的女人漠视自己的美貌，这是一种何等罕见而超然的美。

Grace在那个"美"里面看到一种可能，或许他们之间个性的差异依靠"互补"出一套成功需要的化学反应，她暗自为此兴奋起来。

多年以来，Grace都有一种强烈的感觉告诉自己她会"成功"，由于这个感觉的存在，她活得非常积极，就算到处碰壁也不能阻止她的越挫越勇。

因为她是女人，她相信直觉。

这个奇怪的世界，可怕的并不是女人的"直觉"，可怕的是经常有一些发生证明女人的直觉是对的。

一个有活力而无心的女人，有福了。

Grace最终获得了当年她的感觉预告过的成功，如果这个成功中需要她继续和马世谦演一出跌宕起伏的感情戏给大家看，她势必是最配合的演员。

况且，世界上最不缺的货色就是怨妇和失败者，Grace和马世谦平分秋色，刚好各收了一半。

怨妇和失败者在精神上仰仗着这一对分分合合的贤伉俪，分别成为各自旗下的忠实门徒，献上他们的膝盖和现金。

这对曾经的革命战友用一种强烈的排斥延续着对对方的需要，在这两个人的人生中，从未和任何一个其他人在情感如此匮乏的情况之下联系得如此紧密。

更重要的是，他们都不知道，这样的紧密，将会持续到什么时候。

是啊，女人和男人，性情或非性情，相斥相生，大凡真懂了的，才懒得多说。

马先生是注重性情的台湾男人。

他遇见过两个上海女人，朱莉和Grace。

她们成了他人生中最重要的两个女人，一位被他颂扬为lady，另一位被他贬损为母螳螂。然而，她们又像是一个本尊的一体两面，互为彼此梦境的庄周与蝴蝶。

即使马先生不主张情感面的输赢，也无法回避在这两段关系中他被盖棺定论的败局。

当然了，一般情况下，台湾男人碰上上海女人就不能随便交手，基本上命中注定要成为手下败将。他们之间有种非化学非物理的存在，明明双方从一开始就知道结局，还是会互相吸引，非常自信地幻想自己能谱写出不同的章节。只不过，那是两种不同的幻想，在台湾男人的幻想中，总以为自己会成为扳回一局改写历史的那个关键人物，在上海女人的幻想中，则充满斗志地筹措着如何继往开来，刷新过往小姐妹们赢的纪录，成为被各种闲杂人交口议论的一个是非人物。

朱莉和Grace，都是，也都不是。也或许她们是彼此的一体两面，代表着女人忠于自己的终极面貌。

毕竟，有活力而无心的女人，有福了。

岁月对一个女人最重要的祝福，无非是"好看"，样子要好看，做事也要好看，开场要好看，谢幕更要好看。

唯"好看"的女人才有资格从容地于午后时分对着镜子抹好胭脂涂好唇膏，衣柜里总有等候已久的几件像样旗袍，必定是好裁缝量身定做的，单是前襟的扣子都需要一个工人花几天工夫用十几道工序完成。更不用说料子如何精心选，样子如何精心选。

时光在大获全胜之后，就是要被一些琐碎的闲事糟蹋一番方才显得出赢的价值。

就像，欢愉过后的一声叹息。

如果欢愉和叹息谁也替不了谁，获胜和琐碎也是一样的各司其职。

出门让人家看"赢家"面孔的女人总是急不得的，lady也好，螳螂也好，脚上穿好了那双Vintage的高跟鞋，注定了步伐得慢，脚印会很实。

在大脚趾内侧有一道练习而成的弧线连接地面的交集点，控制着的姿态不偏不倚，所谓的好看的炼成，总是看不见的控制多过表面功夫。

就这样从容地穿行于深秋法国梧桐树下，给胯足够的时间小幅度地有控制地摇摆，在叶子落下来的一阵微风里，远远地，微笑着听自己的流言。

"在今天演讲开场的时候，我跟大家分享说，人一辈子，感情最好经历三个阶段，请注意，是三个阶段而不是三段。呵呵。第一阶段，跟年长的，旨在学习受教；第二个阶段，跟年轻的，为了焕发青春；第三个阶段，找一个门当户对的，因为人只有在势均力敌的时候才可能激发出最纯粹、最本我的那个自己。当然，所有这些感情，不论在哪个阶段，就情感的需求，无非出于四种：欲望、孤独、好奇，以及以上三种的混合体。而稳固的情感关系，是在不断满足彼此需求的情况之下保持同步，保持制衡。

"告诉你们一个秘密，人最难以战胜的，就是孤独。让一个人屈服于情爱假象的，也是孤独。你们想想，就算经过自杀的洗礼，我也并没有从内心消灭对孤独的恐慌。也难怪，我自杀未遂嘛。是吧，呵呵，唉，孤独总是和生命如影随形。想要彻底地摆脱孤独，只有彻底地完结生命，否则，一切缓释孤独的方式都是假象，是生命拿自己跟人类开的玩笑。这些话，听懂了，很好，听不懂，也无妨。其实每一次演讲，都令我深感汗颜，孟子说'人之大患乃好为人师'。生命短暂，时光荏苒。你们愿意把你人生中的一两个小时选择在这儿，跟我共享，我是何等荣幸。对各位的认可与抬爱，马先生内心非常感谢。而我，能给你们带来什么？我不知道。就像我们今天说是要讲情感话题，可是说了半天，有答案吗？好像又很难说'有'。我的常识、悟性和德行都有限，对怎么演讲怎么追名逐利，马先生略知一二；对性，略知一二；对人性，也算略知一二。然而，设若你问我'爱'是什么？马先生诚实地告诉你：我不知道。在爱这事儿上，我顶多算是个'爱好者'。可能我们中大部分都是'爱的爱好者'，这样也不差，一把岁数依旧相信爱的存在，已经是一种运气。或许正是因为相信爱的存在，我们才在红尘之中山高水低风雨兼程，结果每到一个地方，每每发现原以为即将到达的都是海市蜃楼，即将拥有的都是镜花水月。那么'爱'究竟是什么呢？之于今天的我，'爱'，就是当你心甘情愿成就谁祝福谁时的一种'忘我'。是的，在'爱'的世界里，无我，在'我'的世界里，没有爱。那么就这样吧，祝福大家在性、人性、名利等诸多方面都有所斩获，并在斩获的过程中偶尔忘我，好成全爱。

"好了，要想了解更多'成功学'内容，请继续关注我的视频节目和线下演讲安排，有任何关于职场和情场的问题欢迎随时在我的公众微信号留言。离开会场之前扫我们的二维码就有惊喜哦。别忘了，'马道成功，Can be can bibi'。以上就是今天演讲的全部内容。在下马世谦，在此顿首，合十，感谢各位。"

时光相对论

郑天齐和我之间，其实并不像别人想象的那样。

就算，那天他被郑天虹发现的时候，是上午，在我家。而且，他出现的时候，身上只裹着一条浴巾，我的浴巾。

那条浴巾上印着莫奈的《睡莲》。

那条美丽的浴巾，是我的"闺密"郑天虹送我的。

郑天虹是郑天齐同父同母的亲姐姐。

当时的情景如下：

那天，天虹又像很多时候一样，招呼也不打就冲到我家，她敲门的时候我正在厨房煎鸡蛋。我怕烟，又相当心疼刚洗过的头发，所以就把排风扇开到了最大，同时还开着窗户。因此，外面的一切动静我全都没听见。

天虹大概是敲了半天门没人应，就直接自己开门进来了，用我给她的备用钥匙。

我端着早餐走出厨房的时候，看见天虹正一只手扶着墙低着头在门口换鞋。

"你怎么没上班啊？家里电话手机还都不接！听说你昨天也

是不辞而别，我以为你出什么事儿了呢！怎么搞的你？"天虹瞄了我一眼，用她惯常的斥责关怀道。

我还没来得及回答她的问题，郑天齐就趿拉着鞋从我的浴室里走出来了，一边还大声问着："嗯？你是跟我说话了吗？你说什么了？我刚才没听见。"

他走出来的时候还裸露着上身，用我的浴巾裹在腰上，头发还湿湿地往下滴着水。

那条印着《睡莲》的浴巾，是有一次天虹去日本的时候，在富士山脚下著名的箱根雕塑艺术馆买的。她特地带回来送给我，据她说，这个图案的浴巾，全世界一共就只有一百条。

浴巾是美丽的暮蓝色，是莫奈一系列睡莲作品中最美的一幅。

天虹说她看到这条浴巾的时候就想到了我，因为她觉得那图案很像我的名字——林知秋。

天虹送的时候一定没预感到，这条她买给我的、全世界仅一百条的名贵浴巾，有朝一日居然在早上八点时围在了她自己亲弟弟的腰际。天虹因此迅速蹿升出的世俗的联想和相应的愤怒是可想而知的。

天齐当时就在天虹对面不到三米的地方停下了脚步，他年轻的敞扩的肩膀和紧实的胸肌、腹肌都有板有型，在明媚的阳光下熠熠生辉，令人赏心悦目。但，天晓得，那也是我第一次看到这些。

天虹和天齐这对亲姐弟在发现对方之后都大吃一惊，两个人都不愿相信自己的眼睛。

我们三个人，呈三角站位，在我家窗明几净的客厅里僵持了将近两分钟，谁都没说出话来。最后，是以郑天虹用力把我家的钥匙从她的钥匙扣上拔下来，再奋力丢到我端着的早餐盘子里，并将其打翻作为收场。

　　那是我生命中又一个值得纪念的时刻，一个百口莫辩、人间四月天的早晨。

　　我在很短的时间里就基本判定，也许，我从此就完全失去了跟郑天虹将近三十年的友情。

　　奇怪的是，这个判定并没有引起我心情的巨大波动——至少没有我自己以为的那么巨大。比起这段友情的历史沿革，实际的那点不够巨大的波动，甚至显得有些不成敬意。

　　是啊，时光如梭。可时光到底如什么样的梭呢？

　　郑天虹和我，不知不觉中，竟然已经当了将近三十年的朋友。好像那也不过是昨天，我们被各自的父母送进了同一所小学。上学第一天她就被任命为路队长，一当就是六年，印象中她总是穿着干净的白衬衫，昂首阔步地带我们走在回家的路上。那时候的我，因为个子小，被安排在路队的第一排，又因为家最远，所以有机会和我这辈子认识的第一个"干部"郑天虹行踪密切起来。也是从那时候开始，我们就一直是同学和好朋友。

　　女人的友谊总是这样，不管心里有什么跌宕，在形式上，总会最大限度地保持着形影不离。

　　天虹的爸爸是个高干。因此，仿佛我这辈子听天虹重复最多的一句话就是她不断地跟别人说："好好好，我尽量帮你安排，争取让我爸爸见见你。"

好多年了，似乎一直都有层出不穷的人排着队翘首企盼着郑天虹她爸爸的接见。在天虹成长的过程中，总有些想求见郑先生的人把他们人生的又一个希望寄托在天虹身上，所以，她身后总是长年累月跟着一大堆低三下四的人。

这种情势的延续，帮天虹养成了一种气质，就是她习惯于用"颐指气使"的态度表达一切情绪，即使她要表达的那个情绪是很私人的热情或悲伤，那也势必是颐指气使的热情或颐指气使的悲伤。

不过，我在陈述这些的时候，并没有任何批评或诋毁天虹的本意。因为，在我眼中的天虹，的确相当有资本颐指气使。她除了有个高干爸爸坐镇之外，她自己也天资聪慧，后天又努力。

天虹很要强，从小就是。在我记忆中，她秉承了干部家庭的DNA，自己也始终是"干部"，在学校的时候当过班长、大队委、团支部书记以及学生会主席。从小学到大学，始终保持着"干部"应有的让人不服不行的自我高度，凡事从来都不落人后。

看到她，会让人觉得，有一种人，天生就是为了要当主角的。

当然了，从另一个角度来说，在这种当主角的人周围，往往需要一个或几个始终心甘情愿当配角的人做朋友，比如我。

如果把天虹比作白蛇的话，那我就是她身边的小青。

小青就是那样的一种角色：修行不够，因此在白蛇面前似乎从来就没有过自我。大家千万不要相信李碧华在她的《青蛇》里帮小青平了反，让她在作品中拥有了不输白娘子的"自我"，然而那也只能是一种臆想——小青一辈子都无需有自我，她的所作所为充其量也就是衬托出白蛇的失败与伟大。

所以，郑天虹和我的友谊，从来都是以她为核心的。她的得失去留，她的炎凉悲喜，她的一切都是那么精彩，那么值得被当作核心。

而我，就是在一旁真心实意乐此不疲地陪她叹息或为她喝彩的那个人。

不过这也没有什么不好，我们的友谊正是这样才体现出互补的平衡感。

比方说，天虹喜欢说话，她又相当能说，而我有的是耐性和耳力。

有很长一段时间，其实我是非常以天虹为荣的。有时候就会想，我林知秋何德何能，让郑天虹这么个天之骄女没有怨尤地始终拿我当朋友看待。尤其在上学的时候，试想在我们那个年代，一个功课好的学生愿意跟一个功课没那么好的学生做朋友，那一定需要具备某种高尚情操的——天虹就是具备这种高尚情操的人。

对呀，我和郑天虹的友谊，因为知己知彼，所以能在我们成长的过程中与时俱进，越来越牢固。并且，还有一个重要的原因是，随着时间的推移与考验，大家也发现，我大概是天虹周围唯一能持续忍受她颐指气使的，同时又对她爸爸没有任何企图的人。

也许说"忍受"对天虹来说有失公允,我只是"习惯",习惯了这样一个养尊处优的人在我旁边,习惯地认可她以榜样的姿态颐指气使。

何况,郑天虹除了整天颐指气使之外,总体来说,并没有什么突出的缺点。反而有很多别人都难以具备的优点。比如,跟多数人比起来,她待人是相当热情而慷慨的,同时对利益很不计较——我从来都知道,不是所有有能力慷慨的人都一定会真的很慷慨。

天虹总归是不一样的,她有"能力",同时她又真的有"诚意"不计较。

至于我,在天虹和大多数人的眼中,都只是一个平凡的女人,我其实就是。我没有远大理想,也没超人的智慧,所以一路都过着平凡的生活。

对于这样的生活,我也没什么意见要表达。或是,与其说那是因为我不善于表达,不如说,我根本就懒得表达。

另外,还有一个原因,必须诚实地说,"表达"在我看来没任何实际的意义。

有很好的例证就摆在我面前,比如郑天虹,她就是一个永远急于表达又超级会表达的人。

事实又怎样呢?"表达"似乎并没有让她比我活得更快乐。她的经历屡次证明"沉默是金"这一古典真理。

这就是了,当得知一个人快不快乐跟她表不表达可以完全无关的时候，像我这样没什么建树和口才的人，当然就选择比较省力气的沉默。

后来，回顾我们短暂的青春，我发现并总结出：天虹和我的最大的差别在于，对天虹来说，凡事情或人，若没有什么突出的"好"的，那就是"不好"；而对我来说，凡事情或人，若没有什么突出的"不好"的，就已经是"很好"了。

天虹容不得任何瑕疵出现在她的生活中。甚至有一些，在别人眼里实在算不上瑕疵，不过只是出于她自己要求完美的敏感而已。

记得我们刚上初中的时候，有一天，天虹在一个早上都皱着眉叹息之后，在课间，她特别神秘地把我叫到校园的一个壁报栏后面，用很奇怪的语气跟我说，她的妈妈，于当天凌晨，给她生了个弟弟。说完就脸对着墙抖着肩膀掉眼泪，掉了好一阵子，好像这个弟弟象征着什么耻辱。

这个导致天虹抖着肩膀掉眼泪的新生婴儿就是郑天齐。

我原本以为天虹在开玩笑，因为那天是 4 月 1 号。但等我在她身后默默等了一阵子之后，才理智地判断她不像开玩笑。再说，天虹从来都不喜欢开玩笑，而且她对外来的节日从来都持批评的态度。

但我还是不明白，一个新生儿的降临为什么会让她难过，在寻思了几回之后仍相当不解。我自己没有特别想过，如果有一天，忽然冒出个弟弟妹妹，这世界又会有什么改变，但，绝想象不出自己会为这个到面壁痛哭的地步。

这个奇怪不光是天虹，也蔓延到我自己家。记得是日放学回家，我跟我父母说起天虹的妈妈又给她生了个弟弟的消息之后，我爸妈是面面相觑，两人脸上都露出一阵尴尬。我再一追问，他们更是表情诡异，闪烁其词。

等我长大之后，回想起来才觉得自己果真是后知后觉。我猜，大概，那计划外的新生儿的出现是一种昭示，让大家一下子都知道了一个秘密：原来，天虹严肃的父母在年近半百之时依然保持着活跃的性生活，这在当时，或许很是有损一个高干家庭的光辉形象。

就这样，无辜的郑天齐，一出生就好像不是特别受欢迎。可怜的孩子在满月之后不久就被悄悄送到了外地的外公外婆那儿，一直到学龄前才被偷偷接回来。

我第一次见到这个传说中的小孩郑天齐，是好几年之后，那天我和天虹同时接到了同一所大学的录取通知书。

我当时很高兴，因为没想到自己真能考上大学。更没想到的是，虽然分数悬殊，但居然又能跟天虹进入同一所大学。我从小就很有惰性，还容易对别人产生依赖感，多年以来，已经习惯天虹时时刻刻的存在了。所以，"继续跟天虹做同学"比"考上大学"更令我欣喜。天虹倒是表现得很无所谓，一副一切尽在掌握之中的神情，像她往常一样。不过，随即她还是拉着我去她家汇报。

郑家爸妈听了这消息也很高兴，郑爸爸在照例对我们说教了一通国家的教育政策之后，毅然放下架子与民同乐，热情地留我在他们家吃了饭。

那天席间，我第一次看见了那个小男孩儿。他坐在离我三米左右的地方，还围了围嘴，低着头，相当安静，安静得实在不符合他当时的年龄。天虹吃到一半才忽然指着那男孩儿跟我说，那是她弟弟，叫郑天齐，介绍完又大声对男孩命令道："叫林姐姐！"

天虹又说她弟弟也该庆祝一下，因为马上也要入学了——上小学。

天齐听到他姐姐的命令吓了一跳，快速地抬头瞄了我一眼又赶忙低回去，扭捏的脸几乎要埋在碗里，仿佛嘴巴动了动，谁也没听见他到底叫了没有，不过大家也都很快不再注意他了。

等后来开学，在天虹对校方的要求下，我们又被分在了同一间宿舍。那天下午，正在收拾行李，天虹忽然像想到什么新闻似的转头对我说，那天我走了之后，她弟弟说我"仪态万方"。说完，她不屑地大笑起来，笑她弟弟用词不当，更笑她弟弟把这个词用在我身上的尤其不当。

天虹就是这样的，她随时都有可能毫不掩饰地表现她的不屑，就算当她最好的朋友也没用。

但她又很难让人因此而去计较，至少她是真实的——天虹是我认识的人中保持最大限度真实的一位。她对一切都不加修饰跟隐瞒，理直气壮，让旁人很容易自惭形秽，没人敢跟她一争高下。

我说不上介不介意，反正这就是她了。她像个能随时拿出优秀作品但个性刻薄的艺术家，让人随时对她爱恨交织。

然而对天齐，我很惭愧，那天吃饭的时候，也许是郑妈妈准备的饭菜太丰富了，导致我根本就没有仔细观察他这个时年六岁半男孩子的存在。

一个六岁半的男孩子，就能说得出"仪态万方"这样的词，真是让人不得不对他家的DNA肃然起敬。

女人对于赞扬的记忆能力是惊人的。

这么个不符合事实也不符合文法的形容，让我从此记住了郑天齐。在后来的十几年里，每当他姐姐讲起他的时候，伴随着出现在我脑海里的，都是他把头埋在碗里的羞涩表情。我想，我对他的记忆，大概实在只是对他那个赞扬的记忆。

我们后来又见过不多的几次，每次都是在他们家。渐渐地，他从小学生变成大学生，好像始终是个安静的、有一点神经质的小孩子。他好像很容易害羞，以至于在我见他的那不多的几面里，多数看到的都是他的低头和他的脸红。

我因此，都没有十分留意他的面庞。

我在大学毕业后，经历了一段不长的颠沛，然后认识了艾伦，不久就嫁给他了。

艾伦是我第二个男朋友。

我的初恋是大学同学。那年，天虹当选为一个什么优秀分子，继而作为交流学生被送到了国外，在大洋彼岸的某个洋大学深造了一年。

我的学校生活在天虹走后忽然有点失重跟无聊，于是不久后就跟学校里一个其他系的男同学来往密切起来。那是一个很普通的男孩子，生活很有规律，跟当时的我一样。

　　起初的认识是因为我们总在早上的校园操场上遇见，我独自看书，他独自打篮球。

　　大学时候好多貌似勤奋的表现，常常都不是出于什么对未来的期望或抱负，基本上，真相被发现，十有八九都不过因为无聊。

　　我们两个比其他同学更无聊的人，遇见的次数多了，彼此不免有一些好奇，就互相搭讪。

　　之后他就成了我的初恋，我们似乎是同一种人，对待生命尚且有不明就里的潦草和粗糙。那一段没什么滋味的初恋，与其说是爱情，不如说只是互相消遣，聊以打发过剩的大学时光。

　　天虹回来之后，对我的男友表现出十分看不起。幸好那男孩是个好脾气，任天虹怎么批评讽刺他自岿然不动。慢慢地，他们也互相认可了彼此的存在。最后，还是天虹技高一筹，结果是，初恋加入到我的"编制"，跟着我一道，没有什么怨言地成了天虹在校园宫殿里的"答应"与"常在"。

　　初恋在大学毕业之后回了原籍，从此就"人间蒸发"。我们在风中彼此默默祝福，互相都懒得牵绊跟追究。我常常想，我的人生，大概也就是这个样子了吧。像不懂行的人看到的水墨画，既没有色彩，也没有立体感，来去过往，不过都是风轻云淡，没什么滋味。

不久后，我认识了艾伦。

第一次把艾伦带来给天虹看的时候，如我意料中一样，她对他也是十分看不起。

不过这一次有些不同，我不知道哪来的勇气，没多久之后，我就在天虹的鄙夷中执意嫁给了艾伦。

天虹在得知这个消息后即刻断言道："你这个人就是这样，表面老实，其实是蔫儿萝卜辣心！从小就这样，老假装问我的意见，心里又早有主意！但是，我告诉你吧，旁观者清！早晚你会后悔的！"

我懒得想会不会后悔，也许和艾伦结婚对我来说不像天虹描述得那么严重。

有时候午夜梦回，我也会尝试着分析自己，分析的结论是：大概，我就是完全抵抗不了孤独的那种人。怎么说呢？也许那只是很浅薄的一种孤独。换句话说，从小到大，我总需要身边有个什么人，最好他（她）比我强悍，可以让我仰仗。或是说，至少这个人要让我以为我在仰仗。

最初当然是父母，上学以后，很长时间，其实，我想，我对天虹的友谊里多少都有这种仰仗的成分。只是我不知道怎样准确地向她表达我的这种仰仗。或许我是懦弱的，可这又有什么关系？我就是不能一个人，就是不想一个人，连试都不想试。

因此，毕业了，大家四散奔忙，这令我恐惧。是前无村后无店的那种孤独的恐惧。就在这个关键时分，艾伦适时地出现了。

他是我迈出校门后认识的第一个男人，他一出现，我的孤独和恐惧感就在心头略微缓释了些。所以不管别人说什么，我自己就是决意要嫁给他。

这就是我结婚的最真实原因和动力。我没有说，也不打算让天虹理解。因为我知道，即使说了，她也不会理解，她不会俯下身来从我的角度想一个问题，她更不会像我一样需要一个精神领袖。因为，她就是她自己的精神领袖，一贯如此。

天虹很介意我在这么大的决定上一意孤行，不听她的劝告。因此，在我结婚的前一天，她送礼金来的时候，还是一点不客气地又把艾伦批判了个片甲不留。她说得有理有据，是她一贯的作风，让人完全没有反驳的能力。以至于，新婚之夜，当我正跟艾伦饶有兴致地互相探索对方身体的奥妙时，忽然，不期又想到了白天天虹批判他的话。顿时，我莫名其妙地产生了即将被一个瘪三强奸的恶劣幻想。

这下惨了，好容易被艾伦培养出的热情瞬间散尽，欲望全消。我赶紧把他从我身上推开，找了一个借口说"渴死了"，翻身下床，到厨房找了一瓶喜宴上喝剩下的红酒狂灌了自己一通。然后又到厕所里躲了十几分钟，直到酒力发作，我才本着一个新任妻子的职责，跌跌撞撞地回到床上，一身的酒气，一心的视死如归。

对呀，在天虹的口中，艾伦就是个不折不扣的瘪三。

或者，确切地，应当这么说吧，在天虹口中，天下的男人尽数都是瘪三，只是瘪的领域和方式不同而已。

回想起来，这是一件能让人感到淡淡哀伤的事情，除了自己的至亲，在我跟天虹做朋友的将近三十年里，从来没有看到她对哪个男人十分感冒过，更不要说跟谁陷入过爱情。

追天虹的人并不少，但没人有幸入她的法眼，连我这个跟她交往最密切的人都很难想象天虹什么时候会放下身段和架子去恋爱。是的，天虹几乎在所有的领域、所有的事情上都比我有建树，但只有一件，是我了解而她始终不愿面对的，那就是，女人在爱情中，是不可以总拿着身段或摆出架子的。只是天虹始终都不愿接受这个现实。因此，追天虹的男人们，多数到后来也都失去了耐性，没人认为非要用自己的热情去换取一段羞辱或是当奴隶的经历。

　　天虹因此始终待字闺中。

　　有时候想，上天是不偏私的，在赐给天虹一切之后，却唯独没有给她爱情。

　　天虹因此就更有理由总对男人有批判或至少是微词。

　　在我的记忆中，只有两个男人从来没被她说成是瘪三过，一个是她父亲郑干部，一个是她的弟弟郑天齐。

　　这当然也跟事实情况靠近，郑干部除了在知天命的时候生了个儿子之外，一辈子似乎都丰功伟绩。至于天齐，我只知道天虹很爱她这个弟弟，我不太形容得出她对他的那种爱，但，想必那一定是很有程度的爱。最明显的就是，天虹对天齐的要求非常严格，其一丝不苟的程度常令人怀疑她随时要取代他们的妈妈的角色。也就是这样，在姐姐爱的要求之下，这个弟弟也似乎日趋完美，至少从天虹不间断的描述中可以想见，天齐是一个越来越明白自己身份和颇懂得自律的人。

　　有时候，看着天虹在我眼前慢慢韶华远去，会让我对她生出另一种感情，那是一种复杂的感觉，一方面是真诚的怜惜和心疼，另一方面，还有一种恐惧和警示：我会时刻提醒自己，任何时候，在对待感情的态度上，都千万不要让自己像了天虹。

也许这正是为什么当初越是遭到天虹的坚决反对，反而越是坚定了我嫁给艾伦的决心之所在吧。

至于艾伦，他真的，就只是那么一个没什么突出的好也没什么特别不好的男人。

这样的人跟我很般配，在彼此特别熟悉之后，有一小段日子，我几乎相信我们的确是相爱的——虽然我对"爱"并没有什么值得称道的经验。我们的婚姻，从表面上来看，也持续了很久的波澜不惊，没什么可抱怨的。至少，艾伦让我觉得很安全。我们结婚之后，他继续赚钱养家，而我就当了全职的家庭妇女。我没有也不太需要朋友，每天做家务和等他回来的间隙看看电视剧，就已经让日子过得满满的了。

那年我们搬了新家，艾伦在新家里装了个小天线，能收到外域的成人频道。我们有天躺在床上看一个片子，里头正在演一个"三人行"的性游戏。我举着一本时尚杂志遮住半个脸，一边瞄着电视里的情节，一边伸出脚勾了勾艾伦，问，如果，这辈子我允许他选一个人玩 3 P的话，他会选谁。

"舒淇。"艾伦正背对着我看报，想也没想就回道。

"你神经病啊你！"我笑着用杂志敲了一下他的头，嗔道，"你想得美！"

艾伦也不咸不淡地笑了笑，仍背对着我，过了好一阵，才嘟囔着问："那你呢？如果我让你帮我选，你会选谁？"

"嗯……"我丢下杂志认真地想了想，说，"如果非要选的话，我就选郑天虹。"

"啊？！为什么？"艾伦似乎被我的回答吓了一跳，他放下报纸，使劲扭过脸看我。

其实我也说不出为什么，那只是我的直接反应。等那天熄灯睡觉之后，我暗自分析了一下原因，想，大概是因为，我从小就非常介意暴露自己的身体，介意到几乎成了一种心理障碍。即使在结婚之后，我还是不能克服这种障碍。"身体"对我来说，像是某一个秘密的最底限，永远处在被特别保护的戒备状态。

天虹作为跟我来往最密切的朋友，不得已，她是屈指可数的几个看到过我裸体的人，看到的原因，都是我们必须一起去医院或美容院之类只能"坦诚相见"的环境。我选她，只是因为在她面前有点"破罐破摔"的心情。

后来，我一直在回想，是不是那天我的话，激起了艾伦的好奇，才导致了那桩不堪事件的发生。

是的，在我结婚几年之后，我最好的女朋友天虹和我的丈夫艾伦，竟然在我眼皮子底下偷情，并且被我发现了。

发现的过程并没有什么特别，简直不值一提。

倒是有特别的，那就是，我对于这个发现表现出的冷静，是所有人都始料不及的——"所有人"仅仅是指艾伦和我。

天虹并不知道我的发现，她更不知道艾伦对我毫不讳言的坦白。

对于他们之间的苟且，我的好奇始终大于愤怒。

我不明白，艾伦为什么会选择天虹而不是其他更年轻貌美的陌生女人作为他的偷腥对象。

我更不明白的是，天虹为什么"肯"委身于一个曾被她说得那么不堪的人，且这个人是她好朋友的丈夫。

请允许我用"委身"这个词，因为那就是天虹给我的全部印象。

坦白说我根本无法想象天虹也会有性行为。她实在是从来都一身浩然正气，在我的想象中，如果不是到了要"为革命事业牺牲"的级别，我不觉得她会同意任何人跟她高高在上的身体做如此深度和切实的连接。

初始时，纵然在心里我对艾伦不能谅解，但表面也只能不动声色。

基本上，这是基于，我在那时候还不想失去艾伦和他给我的家庭。

在内心深处，当时，"怕孤独"的心情仍然持续地大过我对"辜负"的愤怒。

"什么都不做"是我的能力能够企及的对这件事的唯一处理方式。

但，终究那是一个毒素。

事隔很久之后，当确定艾伦对此已经放松警惕之后，有一天半夜，我忽然翻身逼问，非让他向我描述他跟天虹在一起时的细节。

我也不懂自己为什么要问这个，反正，在那一刻，我就像得了强迫症一样非要知道不可。

艾伦起初不肯说，被我软硬兼施恶整了近两小时之后，终于失去理智，就说了。

他说天虹的关键部位很有运动天赋，而且松紧的幅度很大，好像一个电动卷笔刀。艾伦用了这么一个奇怪的比喻，说的时候居然气定神闲，简直昏了头，完全没有一个男人在对他的妻子讲述自己偷情时应该具备的警惕，以及相应的廉耻之心。

说完又仿佛是要安慰我，补充说："其实，关了灯之后，女人都一个样。"说的好像他阅人无数。

我一时语塞，想象天虹和艾伦在床上的样子，让我莫名其妙就欲火中烧。于是我翻身而起，在他还没来得及反应的时候，就从书房把自家用的一个电动卷笔刀拿过来，一阵风似的把里面存的铅笔屑全部都抖落在艾伦身体的中段，不等他反抗就骑在他身上揉搓起来，直到那犯错误的东西不知羞耻地从那一团挂着铅笔屑的丛林中冉冉升起，我才罢手，且因此体会到了以前从来没有过的征服的快感。

那天半夜，我被噩梦惊醒，爬起来冲进厕所呕吐，吐得七荤八素，好像要把整个人从里到外翻出来才肯罢休。

艾伦手足无措地站在洗手间门口看着我吐，身上还挂着铅渍和零星的木屑。

我没告诉他，吐成那样，除了因为嫌恶他的背叛之外，还有一个物理的原因是，我怀孕了，是那天白天去检查出的结果。

那是我们唯一有过的孩子。

我又连续地吐了几天，在那几天的呕吐中，总能在抽水马桶里看到我想象出来的、我的丈夫艾伦和我最好的女朋友天虹媾和的影子。

平生第一次，我开始主动思考，思考爱情、婚姻、友谊和人生延续的道理。

思考的结果是，在没通知艾伦的情况下，我打电话让天虹陪我去医院堕胎。

我是故意要这样的，那是认识天虹以来，我第一次对她做一件充满恶意的事情。

原以为堕胎是个惩罚，让所有当事人都为之警醒自律。谁知，结果是惩罚到自己。或许是对"电动卷笔刀"和那个堕胎手术双重恐怖的回忆，导致我之后根本不能继续跟艾伦做爱。每每拖到不得不做的时候，我就只好使出新婚之夜的那一招，先把自己灌个半醉，然后借着酒力让接下来的时间在半昏迷的状态中混过去。

渐渐地，我甚至怀疑自己是不是患了性冷感的障碍。

艾伦不愿意接受这个现实，也十分讨厌我的应对方法。到后来，他以牙还牙，也喝酒，我们家就仿若有两个醉鬼在胡来。有几次我们都差点要吐在对方脸上，也有几次，我在半醉中清楚地记得艾伦半途而止，叹着气背对我睡去，想必我的样子对他构成了很大的侮辱。

而且，我知道，他也很恨我在不告知的情况下私自扼杀了他跟我共同的孩子，但那又是他表达不出的恨。

我们因此在婚姻中的其他事情上也故意挑衅，都想把床笫之间结下的恶气借题发挥出来，结果，恶气急速转成战火且四处蔓延，让这桩婚姻终于走到了不可收拾的边缘。

就这样，又互相折磨着拖了半年，挨到不能挨，我和艾伦还是离婚了。

离婚基本上是一个理智的结果。我呢，终于不必缘着婚姻中的义务，即使厌弃，也还是要接受他的身体。

艾伦也实在犯不着接受我把做爱当成一种施舍，且在他身体最有需要也最脆弱的时候我还对他表现得黑头黑脸。以他的年龄跟境遇，想必日后会有很多更年轻美貌的清醒身体主动等着他的选择，他不需要我这个让他有挫折记忆的醉醺醺的人。

虽然在离婚的时候，艾伦表现的锱铢必较让我多少有点失望。但回想一下，在他还是我丈夫的时候，至少给过我相当优越可靠的生活，让我在婚姻里没有为零用钱有过任何担忧，这难道不是一个巨大的美德吗？

到后来，等离婚的硝烟消散之后，我们逐渐开始恢复了通电话，再后来，甚至还会一起吃饭。

在吃完饭时，如果他要抽烟，还会在喷出烟之后，伸手在我面前轻轻挥一挥，把那些烟赶走，像我们恋爱时一样。而在我们的婚姻生活中，他通常都是任由我被他吐出来的烟雾包围而无动于衷的。

如果，更浪漫些，刚好再碰到大风的天气，他还会在过马路的时候挽着我的肩膀，体贴得像个永不离弃的亲人。

我们的感情，在离婚之后空前地升华了。

我们，在终于不必再接受对方的身体之后，反而更加尊重对方的精神或是说灵魂。

因此大家都没有恨对方。

是哦，何必要恨呢？

恨是唯一能让一个人立刻变丑的因素，我们都没有资历允许自己再丑哪怕一点点了。

只是我和艾伦从没有再提到我最好的朋友郑天虹。好像在我的生命里，就从来没有过这样的一个人。

像很多媒体上头对明星离异的描述一样。

艾伦与我—— 我们还是好朋友。

是真的。

反过来，也说不清，在我和艾伦的离婚中，天虹到底起了多大的作用。

反正，和天虹，我也很少再提艾伦。她当然不知道我早就发现且证实了她和我丈夫的那个秘密。因此，离婚之初，天虹还常常主动约我，陪着我，帮我排解，表现得像一切闺中密友一样的贴心与关怀。

她问我和艾伦离婚的原因，我当然是胡诌了一些听起来很符合世态人情的理由。

因此天虹屡屡在我面前骂艾伦，他在她口中再次成了遭人唾弃的瘪三。

天虹在骂人的时候尤其气势如虹，表现得铿锵顿挫，大义凛然，像她一贯的样子，且全然是站在我的立场上。虽然，骂的过程中，她还忍不住要表扬自己，说这一切她都早有预言，而我的错误不过是没听她的忠告。

有时候，听她骂着骂着，我就会两眼发直灵魂出窍，仿佛那是在说一件跟我全然不相干、也令我十分没兴趣的话题。

也有时候，看她骂得起劲，我会好奇，用很大的力气才忍着没问她对艾伦是否还有未了的余情。

我当然认为天虹对艾伦是有过感情的，以我跟天虹将近三十年的友情，我宁可相信，她不可能跟一个没有任何感情的人发生性行为。

我想告诉她，如果她爱过艾伦，甚至，如果她还爱着艾伦，我真的不再介意他们之间有什么，不管那是感情或是任何什么，都统统与我无关。

其实，本来也无关。

只是，世界上，因着被人捏造出来的婚姻，让一切人类的自然流露都变得那么脆弱，那么不自然和充满意外的伤害。

我当然没说出口，因为，她在给我安慰的一刻，如此真诚，我亦真的被感动。

离婚给我的生活带来的最大改变，就是失去生计来源。这很现实，我必须重新开始工作。我对此很不情愿，也不适应。基本上我觉得自己已经自动丧失了工作的能力，不单是技术上的，更加是精神上的工作能力。

结婚前我就隐约发现周围很多人已经变得面目狰狞，唯利是图。隔了几年再看，不幸的是大家变本加厉了。

这个发现，让我无比灰心，也从心底由衷地给了天虹和艾伦更多谅解。至少，他们都是始终工作着且总有成效的人。

这样一想，倒觉得，跟这个世界那么多的无情和险恶比起来，在他们身上发生的那一桩两件的偷情，又能算得上什么呢？不管，那偷的，是原本属于哪里的情分。

或是说，如果不偷，难道那情分真的就会好好保有吗？

我在孤独中挣扎，尝试着慢慢去适应需要每天独自面对的这个堕落中的现实世界。

新工作是去一家卖文创产品的电商网站上班，天虹帮我安排的工作，入职之前她还亲自陪我去看了办公场所。她跟那个网站的主要投资方很熟，接待我们的人对她都特别热情，巴结之情溢于言表。其中有个业务总监，样子看起来是个很泼辣的女人，网站的人都叫她凤姐。凤姐当着天虹对我嘘寒问暖表现得像个早年走失的亲戚，但不知道是不是因为她脸上针打得太多，我没有从她的态度中感到太多"真实"。

虽然我对"电商"和"业务"基本上都一窍不通，但还是马上就接受了这份工作，它至少能让我每天早上醒了之后不用想也知道要去哪儿，并且，它至少立刻能给我带来固定的收入，这两样在当时对我来说都是很重要的。

印象里，这仿佛是我第一次这么直接地接受天虹的帮助，我说不清那是什么样的心情，也许，不为五斗米折腰的人一定是另外还有五斗。

去上班前一天，我独自一人在房间里，翻看了很多以往跟天虹的照片，在心里，我默默地认为，接受天虹的帮助，也代表我在接受她的歉意——我是多么希望这个帮助里面有些许歉意的成分啊，我是多么希望，跟天虹的隔膜，会因为我接受歉意而真的化解。

上班三个月之后，我没做成任何"业务"，就有些萎靡，幸好中间隔了新年，大家忙着过节分散了一些注意力。

等春节过后，凤姐签下重要的订单，帮一个四线城市一个巧立名目的"申遗"项目订制了数量可观的"伴手礼"，对方负责人因为花当地政府的钱，大方得很。那人出现在办公室跟凤姐第一次真人见面两个人就像认识了半辈子，其热络场面令我相当佩服。

当晚凤姐请该负责人吃饭，指明了几个人陪酒，特别指明了我。

我不喜欢也不善于应酬，最怕这种场面，正盘算着怎么像往常那样编个理由推辞，不想被凤姐看出这个盘算。她把我叫进她的办公室，掩了门之后说："我可以看在郑天虹的面子上让你顺利地过试用期，可你多少也要有个姿态堵大伙的嘴啊。"

我再笨也能听得出这话里的意思，于是那天就和她一起去了一家日本料理店陪客户吃晚饭。

凤姐人到中年但风韵犹存，活得相当积极，个性上有很多时代风貌，且具有一切"业务人员"应当具备的性格特点：敏锐、现实、执着、势利、目标明确。

那天，那个远道而来的"申遗"负责人一落座，凤姐就开始了跟他的"盘道之旅"。

　　凤姐先是说了自己的祖宗八代，主要是为了表达跟那个负责人所在的地区有传统渊源，然后她又察言观色照着负责人的样子说了她的个人爱好，说得两个人特别相见恨晚。那个常年生活在城乡接合部的中年干部哪见过这样的阵势，酒还没上桌，他脸上就已自动漾起了一轮轮由心而发的迷醉。等一瓶清酒拌着凤姐的几个小段子下肚之后，他被逗起了酒兴，开始主动豪饮。

　　凤姐一看这阵势正中下怀，就用眼神命令我发挥陪酒的作用，而她开始讲荤段子。

　　凤姐有很多行为举止都令我反感，其中最不能接受的，就是她特别爱讲荤笑话，一有机会就讲，换着花样用各种方式讲。

　　等她的荤段子开始升级，我没有选择，只得赔着笑脸，在那些让我如坐针毡的黄色笑话中喝了很多酒，表现得相当有工作诚意。

　　在那之前，除了为抵抗房事之外，我对酒既没兴趣也没经验，而我们家常备的也只是普通的红酒。所以，对清酒有多大后劲以及能造成什么结果，我没有任何心理准备。等忽然被一阵强烈的头晕目眩袭击时，我已经着实醉到一定程度了。

　　凤姐遣人扶我去洗手间，那个同事怕耽搁久了凤姐责怪，就把我丢在那儿，自己继续回去陪酒。我在里面翻江倒海地吐了二十分钟之后，踉跄着走出来趴在门口的洗手池前面洗脸。

　　正洗着，忽然听到一个微弱的声音试探地叫了声："林姐姐？"

我摇晃着抬起头，在镜子里看到一个高个子的男青年。

那男青年看我抬头，就微笑了，笑得有些羞涩，眼睛眯成一个弯度，弯出一条迷人的弧线。

我努力眨了眨眼，在镜子里调整焦距重新看了看，酒精含量过高的记忆库里还是什么结果都没搜出来。

"我是郑天齐。"他笑着说，抬手抓了抓自己的头发，对我认不出他表现得很大度。

哦，天齐。我心想，也努力让自己微笑。

那是我有意识的记忆里对那天储存的最后一幕。

"你怎么还能认出我呢？"后来我问天齐。

"其实你一直都没什么特别的变化，我姐房间有你们的合照，我常能看到。"

"那你怎么知道我家呢？"我又问。

"唉，还说这个，你也太不小心了，你钥匙上贴着门牌号，门卡上本来就印着小区的名字。随便谁都很容易找到，这样很危险的！"

我是个没有也不愿意有生活自理能力的女人，这也是随便谁都能很容易看出来的。或许也同样危险。

等那天再醒来的时候，已经是半夜，我好好地躺在自己家的床上，卧室里充满酒气，很像艾伦还在时的某些光景。那光景，让我在孤独地醒来之后无限地怀念起他的好来。

我头痛欲裂，悲伤与疲惫参半，抬头看床头的台子上放着一杯水，也懒得思考，端起那杯水一口气喝下去，心里默默感激。因为在那个时刻，那杯水几乎成了我全部的需要，也帮我冲淡了所有情绪。

第二天上班的时候，凤姐一来就在办公室当着所有人宣布说，我昨天喝到一半去厕所吐，回来的时候就从外面找了个帅哥来挡酒，说那男孩子执意要立刻带我走，为此付出的代价是他一气把剩下的酒全部喝完。

凤姐好像因此对我颇有些刮目相看的意思，描述的时候眉飞色舞，她讲的情节非常曲折，像个武侠小说中的片段。

我没告诉凤姐那男孩是天虹的弟弟，不知道出于什么心理，我也没打算把这些告诉天虹。

快到中午的时候，我接到天齐的电话，他表现得十分关切，问我的情况，我说都很好，回答得很简短很客气。本想回问他，犹豫了一下，还是没问。他大概等着我问他送我回家的情形，我也没问，也实在不想知道自己有过多么不堪的形象——在一个曾经形容我"仪态万方"的人面前。

这件事很快就被我故意忘记了。我在那个阶段很抵触跟任何新朋旧友关系的递进。

主要的原因是不想提醒自己，那段日子，有多孤独。

人往往就是这样，在真的缺乏被关切的时候，才最容易抵触关切。实在是，那些水波荡漾的关切，会更加提醒我们，原来切实的生活是如此凛冽和那么需要关切。

初夏的时候，我终于独自完成了工作之后的第一份销售。

那天领了奖金，凤姐主动张罗着让我请客，我知道她是为我好，就积极配合。凤姐说吃饭太俗气，不如娱乐吧，全体都表示同意。

娱乐地点是凤姐定的，据说是一家很有名的夜店。

我不想跟大家说我从未逛过夜店。主要是不想表现得那么不随和，只好硬着头皮去了。

那家夜店说是凤姐的朋友开的，我们去了之后，凤姐带我们轻车熟路地进了二楼的一个大包间。店长在我们刚坐定之后就送了一堆东西上来，其中大部分是酒，各色各样的酒。

等东西摆上来的时候，凤姐拍着我说："别担心价钱，老板会给很高折扣的。"

我笑着连忙摇头说不担心，喝了没半小时，凤姐又拍着大腿开始讲跟性有关的话题。这次她对大家说，她一年至少换三五十个性伴侣。说完，她打了个响指，又要了两瓶芝华士和一箱绿茶。

那天同来的都是女同事，其他女同事，甭管出于什么动机，反正对凤姐的话题都表现出相当有兴趣，大家参与到热烈的讨论中，研究一年到底应该有多少性伴侣。

我坐在没人注意的犄角旮旯，手里端着一个为了敷衍别人的酒杯，听了凤姐的这番话，十分汗颜。每当听凤姐谈性，我都会觉得自己好像来自外星，即使，或许她有夸张的成分。

她们说的是我一生都难以企及也不愿想象的数字。

我想这真是个奇怪的世界，既有凤姐这么视爱为粪土，纯粹性享受的异数，也有像我这样冥顽不化，坚持把爱或婚姻看作是性前提的奇葩。

凤姐不是说说而已，为了让我们在实践中认识和感受她的思想，在又荤话飞满天地胡乱忽悠了一轮之后，想必是真喝得高了，一时兴起，竟特地安排了实地演习。

没几分钟之后，在凤姐的招呼下，一列长得都不算太差的男孩一字排开鱼贯而入。

凤姐特地对着我说这部分的单由她来埋，然后吩咐大家不要客气，说："人生得意须尽欢。"

那些男孩业务都很熟练，没让凤姐再废话就不挑肥瘦地坐在我们一堆女人中间，每个人都针对一个固定的服务对象，表现得童叟无欺，很有职业操守。

坐在我旁边的是一个眉清目秀的孩子，他一来就试图挽我的肩膀，被我用幅度不大的动作坚定地拒绝了。

那孩子想必是行走江湖目光老辣，很快会意，看出了我的斤两，就换了副腔调，开始卖弄气质，找了个当时时髦的文艺话题跟我聊天。几个回合之后，他甚至还问了我的家世，而我，礼尚往来，也回问了他的。

不知道什么让这男的感触起来，在说家世的时候还颇动容，等说完后，他忽然皱着眉压底嗓门恳切地质问我为什么这么"荒唐糜烂浪费生命"。

就是这样，我在生平第一次被迫流连于一个夜店的时候，居然就被一个"鸭"质问。

这也真是天书奇谈！

"鸭"一定不相信,在我三十多年的生命中,除了跟艾伦之外,也就只有另外的半次性经验。全部的历程加在一起,也不能构成"荒唐糜烂浪费生命"的一个小脚趾。

那半次是跟一个全世界知名的音乐家。

那音乐家气度优雅,风姿绰约。

我因为小时候学过两年小提琴,所以对一切跟音乐有关的内容都崇尚有加。

见到那位音乐家的时候我读大四,正在一个报社当实习记者,那次的任务是记录音乐家在北京那两天非演出时的行踪。

最后一次对音乐家的采访,是在他住的那家饭店的大堂酒吧。等采访结束,音乐家说他房间里有张CD我应该听一听,问我要不要听。

我隐约觉得那楼上的房间里等着我的大概不只是CD,但,我又能拿什么力量来抗拒这个征服了大半个地球的音乐家呢?

那是个夏天,傍晚,外面忽然下起了雷阵雨,像北京的很多夏天一样。

音乐家到了房间之后,很从容地把他的一件衬衫挂在了房间的镜子上。

我看了纳罕。

他大概料到我会纳罕,就笑笑对我说:"很多饭店的镜子后面都是有窥测设备的。"

我很局促,站在门廊下不知如何自处,外面的雷声很有气势,对比之下显得我的局促很小气。

音乐家从容地先是放了那张CD，然后走近我，自然地捧着我的脸说："你知道吗？在人的本能感受中，只有触觉能跟听觉媲美，只是后来大家都忽略了触觉的美感。"

　　他说完像做实验一样把自己的和我的衣服都慢慢解开，把我的手放在他的胸膛上，他的手也业已熟练地游走在我的身体上。

　　我开始发抖，但没抗拒，一半是好奇，一半是骄傲。

　　是啊，像这样一个全世界瞩目的音乐家，居然愿意跟我分享触觉的奥妙，难道不是一种珍贵的馈赠吗？

　　我任由他的手在我的身体上游走，享受他的赞叹，跟着他在黑暗之中引我跌进他的那张加大尺寸的双人床。他前戏的技艺娴熟，和他在舞台上的精湛表现别无二致。

　　折腾到千钧一发之际，音乐家忽然察觉了什么，抬起头问："你是处女？"

　　问完把原本被调成昏黄的床头灯拧到最大，不可思议地盯住我的脸。

　　我红着脸不置可否，也不敢看他。他撑着身体在离我半米的高处，低着头，又思考了一阵，才用一只手拍了拍我的脸，这次换成叹息，说："算了，我是有原则的。"然后像问我，又像在自问说，"怎么会？你不是学新闻的吗？你不是已经大四了吗？"边嘟囔着，边翻身下床进了洗手间。

　　我蜷在被子里，先是颤抖了数十秒，那一刻，因为大四学新闻却是处女，我被独自丢在床上，被音乐家激起的新鲜的欲望在尴尬中渐渐退去，剩下来的感觉是空前的孤独跟自卑。

　　那一直是萦绕在我心头的一个疑问，彼时我跟我的学生初恋已经交往了两年，对突破最后的禁忌，彼此早已经建筑起足够的心理基础。

只是，好多次的实践失败之后，让我们都很有挫折感，又都没有经验对那些失败做出解答。

两个人都很闷，交往因为没了新的挑战就更加乏味。

我一直隐隐地感觉到，也许音乐家会给我带来什么契机，所以，我对他的不抗拒里头，完全没有对初恋应有的责任和负疚之心。

甚至，我在沉醉于音乐家美好的抚摩时暗自祈望：或者他从此攻破了我身体的某个坚固的障碍，让我在没有疑惑之后可以勇往直前。

想不到，我执拗的身体，即使是面对这么伟大的人，也丝毫不愿意妥协。

我那一刻简直有点恨这个身体。于是，没等音乐家从洗手间出来，我已经毅然让自己消失在电闪雷鸣的茫茫雨巷中了。

那几年，我把那次经历想象得很凄美，甚至一厢情愿地把它看成一个未发展成为巨著的爱情序曲。

我以为，必定是在那几天工作的过程里有哪个神明作祟，让这个举世瞩目的音乐家被爱神眷顾而注意到我。

而我，自然是不配他的爱情，甚至连给他身体的能力都没有，惭愧之下，只能用消失权充是最后的挽回。

这是我的秘密，这秘密始终保持着它当年的凄美，让我在特别寂寞的时候，还有一个压箱底的宝贝可以翻出来细细玩味。

有几次，在电视里看到他，我心里都还忍不住升腾出一股想念的热流，默默称他"亲爱的"，以织女看到牛郎的心情。

这份美好的感情，一直持续到好多年以后才结束。那是在我跟艾伦离婚之后刚到杂志社的时候，又一次意外地在一个年末的音乐盛事现场见到了那位音乐家。

他还是那么优雅，还是那么绰约，只是，当他目光扫过我时只是一脸木然。

我尽量美化他的木然，把那想成是我自己的变化，或是说，他必须在公众面前恪守一些不得已的秘密。

一直到那次盛事的持续中，我们在不同的地方连续重逢了四次，我才确定，他对我表现出的陌生，确实是出于真情流露。甚至我不甘心地当面向他提起我的名字时，他也只是礼貌地敷衍说这名字真有诗意。

多年之前他也说过我的名字有诗意，只是，以我当年的阅历，并不知道那只是他的敷衍而已。

盛事结束之时，我让一个在杂志社工作的朋友帮我制造了一个假装采访他的机会。访问结束时，我蓄意俯在他耳边对他说我认识一个很好的美容医生，对皮肤上的任何斑驳都相当有办法，如果他需要，随时可以打电话给我。

音乐家肚脐下面大约三寸的地方有一块略凸起的、布满棕毛与斑点的胎记，多年前那个唯一的雨夜，他边握着我的手慢慢送到那个胎记的地方，边说那是让他非常自卑的斑驳，因为他觉得，全世界的乐迷都不允许他有任何斑驳。因此他恨那个胎记，然而，他有留着它的理由，就是它在女人的抚摩之下能给他带来特殊的快感。所以，它一直是令他痛苦又难以取舍的秘密孽根。

我记得，当我的手碰到那块胎记的时候，刚好响了一声炸雷，我被吓了一跳，因此对它在密密丛丛之中的奇怪手感十分有印象。

我猜，总之，知道他胎记的人应该远远少于知道他作品的人吧。

尽管，跟大多数同类比起来，我已经是一个相当了解沉默力量的女子，但当怀念被亵渎的时候，沉默就成了沦丧，我宁可选择不那么假装高尚，也要给自己一点点庸俗的抵抗的慰藉，即使，跟青春的流逝相比起来，这抵抗，是多么苍白无力。

那天走出那个采访音乐家的音乐盛堂时，外面下起了凄清的雪，下得很大，因为风的缘故，雪花都横在空中。我有点感动，生命里两个跟他密切交集的日子，都是那么特别的天气。

回想起我在二十五岁那年嫁给了艾伦，我们在确定恋爱关系之后还不到三个月就决定结婚了，最大的理由也是因为我不肯在性行为上轻易就范。艾伦始终不能攻克我表现出像个圣女一样的坚定意志，他无计可施，只好以婚姻作为妥协跟代价。其实我有的并不是意志，而是，之前对自己半调子性经验的痛苦记忆。如果结婚是一个缓冲的话，我在当时也并没有更多的愿望。

等婚检的时候，一位医生终于解答了一秘密，她像报喜一样冲出来跟艾伦说我的处女膜纤维组织肥厚，需要先借助治疗才能顺利进行性行为。医生当时的神情，活像一个在旧社会通知地主"喜得贵子"的接生婆。

我在以婚姻的方式放弃自我的时候，总算，多年的疑惑也终于释怀。

艾伦为此很自豪，原谅了我之前的坚持，并坚定了跟我结婚的决心。

结婚那天，艾伦再次为这个原因高兴得喝醉过去，并且当着众人的面宣布自己是中国最后一个娶到处女的男人，得意得令我恶心。

我可不这么认为，或许我的身体是，但我的心灵，恐怕早都不是了，况且，我也不是特别拿得准，到了二十五岁结婚之际还保持"处女"这一物理现实，究竟应该自豪还是自卑？

我趁凤姐他们不注意的时候从那个包间里溜走了，临走前从包里拿出四百块钱，笨拙地递给那"鸭"，那是我十分之一的奖金，原是想谢谢他对我的质问。

鸭低头看了看钱，不知道是嫌少还是什么，很大度地塞回给我，笑了笑，再次语重心长地说："你收着吧，呵呵，看出来了，你也是个可怜人，以后别上这种地方来了，啊！"

如果只剪辑这一瞬间的话，大概很难搞清楚人物关系。

鸭大概看出我的难堪，善良地说道："要不这么着吧，咱俩最后再喝一杯，就算你看得起我！"

我那时候有的只剩酒量，于是接过那鸭递上来的酒，一气灌下去，然后把那天所得的奖金都塞给邻座的一个同事，在鸭的掩护下逃离那家夜店。

等回到家，睡不着，电视里正在转播纪念张国荣的短片，看得人无比惆怅，虽然我从来就不是一个对明星感兴趣的人。

正待着，电话响了起来。

打电话的人说自己是郑天齐，说他就在我家附近。

"我心情不好，想找一个又熟又不熟的人聊聊天儿。"他说。

我对这种要求没有经验，正不知如何回答，他又说："今天是我生日。"

我有些心软，听他又说："我从来就没过过生日。"我就让他上来了。

我知道他没说谎，因为记忆里天虹也从不过生日。她跟我说过，那是因为从小她爸爸就教育她，说不能给任何企图贿赂他们的人留机会。

天齐带了一张碟，是《阿飞正传》。他说那是他最喜欢的一部电影。

刚看了个开头他说饿了，我就帮他泡了方便面。他对着那碗面条许了愿。

等吃完面条，他伸了个懒腰问我能不能把脚放在眼前的茶几上，我笑说："当然可以。"

奇怪，我们之间并没有应有的陌生，至少不像之前只有过两次简短的对话。我们也没有特别聊什么，但，重点是，我们也没有因为没特别聊什么而不自在。

天齐道："我姐姐经常会讲起你，所以在我心里，一直都觉得跟你其实挺亲近的了已经。"看我没反应，他又继续说，"老听你的事儿，有时候也会想，如果你跟我家的人换换就好了，他们规矩太多。"

我这才笑说："我比较没规矩，所以才一直都很佩服你姐姐。"

他也笑，没再说什么，把靠垫放在头下面，很放松地蜷在我家沙发里，用行动表现他的话是诚实的。

电影在继续演着，我看得很投入，以前一直认为自己不太喜欢王家卫的电影，印象里多数都像在记录某个华丽梦境的日记，很多玄机，很难说编剧自己心里是不是真的清楚。

不过，在这样一个奇怪的时间，好像玄机带来的障碍一时被消除了，我被剧情感动，心里五味杂陈。等看到一半，才发现天齐已经睡着了。

我独自看完那部电影，回卧室之前帮天齐盖了毯子，他没醒。我也的确没想过要把他叫醒赶走，好像他那天睡着在那儿，是一件很自然的事。

就是这样，第二天早上，天齐问我能不能用浴室洗澡，我说"能"。

两分钟之后他探出头问能不能用我的睡莲浴巾，我还是回答了"能"。

等二十分钟之后，天齐洗完澡，围着我的浴巾出来，天虹也刚好出现了。

就是这样，表面上来看，我被最好的女朋友撞见我把她亲弟弟窝藏在家里，且一定发生了不可告人的勾当。

那天我找到天虹，她先是一言不发铁青着脸。我拿不准要怎么解释，只好跟她对着沉默。又过了一刻钟，还是天虹打破僵局，这一次，她几乎没有任何征兆地转为歇斯底里地大哭大叫，说了很多难听的话。她说我"无耻""淫荡""忘恩负义""老牛吃嫩草"。

她的样子，让她看起来不像只是为了弟弟，而是，似乎我们始终有什么说不出口的宿怨。

她的样子，让她看起来真的不像出自一个有着良好家教且始终严格要求的家庭。

她的样子，也让她看起来真的不像跟我有将近三十年的闺密友情的人。

所以，从心底里，心对心口对口，那之后，诚实地讲，我不敢再相信女人之间存在真正肝胆相照的理想中的友谊。

我想她大概真的气疯了，所以我就一直忍着，像一贯对待她的态度，用忍耐，静静地听她说完所有最难听的句子。

最后，天虹鼻涕眼泪横流地冲我嚷道："如果你只是寂寞难耐想找个人胡搞，你找什么人不行？凭什么找我们家的人呢？你懂不懂，连兔子都知道不吃窝边草！"

我不知道是什么定力在作祟，让我在即使听到这句话的时候，也没有告诉她，其实，我一直都知道，她和艾伦——我那唯一的丈夫之间，在我的婚姻期间，有过不止一夜的奸情，可是我对此却从来没有在她面前发表过跟"胡搞""家人"或"兔子""窝边草"有关的只言片语。

我等天虹骂完，离开，没去上班，也不想回家，就关了手机在大街上游荡了一整天。我心里让这些搅得有一点烦，脑子里空空荡荡的，不愿意回忆也不想判断，因此没有多余的悲愤或痛苦。

等晚上回家，发现家里唯一的一盆植物被修剪过了，那些残败的叶子不见了，露出了里面嫩绿的新芽，很配当时的气候。

那一瞬间，我居然有一点久违了的对家的愉悦感受。

我又翻出《阿飞正传》重新看了一遍，当看到刘德华问张国荣某年某月的下午三点在做什么的时候，我才忽然心酸起来，借势流了很多眼泪。

不是哭，是流泪。

哭和流泪是有区别的。

到底是什么区别，我也说不上来，总之是不太一样。

又过了几天，一个早上，天齐忽然又来了，还带着几个工人，工人们手里都拎着各种工具。

"你家有很多东西都要修了。"他边说边带着工人进来，语气不容商量。

再说，有什么好商量的，连工人都跟在后面了。

我笑说："郑家的规矩都是不请自来吗？"

天齐也笑，指挥工人分工，并不回答我。这仿佛也是郑家人独门的本领——他们对不想接茬的话题就装听不见，只会回答他们感兴趣的部分，像训练有素的新闻发言人。

然后他一边吩咐工人就位，一边头也不回地督促我赶紧去上班。

我走的时候把天虹丢下的钥匙留给天齐。看那钥匙又辗转回到了郑家人手里，感觉非常宿命。

我不知道天齐为什么要做这些事，可能我的家看上去真的很需要重新修整。

那天下班回来，书桌上有一束绽放的百合。花瓶下面有一张纸条，是天齐留的，说检修会给屋里带来粉尘，所以房间里需要花。

我这辈子收到鲜花和礼物的经历屈指可数，所以，这几支百合足够让我沉迷陷落。

等所有修理工作完成，周末，我请了几个同事到家里吃饭。这在我，并不是平常的事，我也不知道为什么会这样，就只是很直接的感觉，很高兴，很希望有人分享这份高兴。

天齐那天也来了，进屋的时候很羞涩地跟大家打招呼，然后坐在我斜对面。他还是安安静静的，像他以前一样，保持着微笑，脸上是他那个年纪的孩子应该有的单纯和明亮。

我那天特意穿了一件粉色的帽衫和一条运动式的短裙——以我三十多岁的年纪，想必，所谓"心怀鬼胎"大概也不过如此。

晚饭之后，大家似乎都很有兴致，有人说不远的地方新开了一家KTV正在做推广，有折扣。我们就去了。

我在大家的掌声中唱完孙燕姿的《我怀念的》。那是我唱得最好的一首，但，只有那一天，忽然多少有点局促。因为，唱那首歌的时候，我想到了天虹。后来大家让天齐唱歌，他推辞不过，唱了陈奕迅版的《约定》。

我没想到郑天齐歌唱得这么好。等他坐回去，我就发微信给他"你唱歌真好听"。

他回:"你喜欢就多唱给你听。"

我们就这样,有来有往,在人堆里隔着五米的距离来回发了很多微信。

入夜,包间外忽然热闹起来,天齐放下手机径直走过来拉着我说:"走吧,去跳舞。"我没有拒绝,丢下同事,顺从地跟着他去了。

新店的新DJ卖力地讨好大家,我们跟许多天齐的同龄人一起在那个绚烂的舞池中舞蹈。我努力企图回忆上一次跳舞的时间跟地点。

想了很久也没想出来,大概因为太久了。

天齐跳得热了就脱掉外衣,只穿着里面那件很白很白的衬衫。我们靠得很近,他的领子里散发出一种古龙水和汗混合出的迷人气息,也许很久不曾舞蹈的缘故,我的心跳开始急速加快,那感觉十分美好。

那天他送我回家,到门口的时候他说想喝上一次我帮他泡的那个茶。

"你会随便在别人家留宿吗?"等进屋,我把茶杯递给天齐问。

"当然不会。"他接过茶,示意我坐在他身边。

"那为什么会这么安心地住在我家?"

"我也不知道,感觉吧。就像,我也相信你不会随便留别人在你家住一样,可是你让我留下了。"

"那是因为你生日啊。"

"是生日就能为所欲为吗?"

我笑笑,不知道怎么回答。

"不过那真的是我第一次过生日。"天齐说,"想想挺有意思的,第一次过生日,第一次喝酒……我的很多'第一次'都跟你有关。"

看我不语,天齐又换了一个别的话题,跟我讲了一些我自己不知道的事情。

"你知道吗?其实我第一次见你不是在我家,是我爸妈带我去看你们高中毕业汇演。那天我姐诗朗诵,你在后面拉小提琴帮她伴奏,我觉得小提琴真是世界上最美的乐器。回家以后,就吵着跟我妈说我也要学小提琴,我妈可能从心里反对,又不知道怎么说,过了几天找了个老师来,让老师说我手指的肉垫不够,学起来费劲,就没学。"天齐笑笑,伸出自己的手看了看,又说,"那我可不可以看看你的?"

我伸手给他看,天齐用他的手指在我每一个手指上仔细地划过,然后,就自然地握住我的手。

我竟然很紧张。

我们那天说了很多话,天齐又在我家的沙发上过了夜,也许没有人会相信孤男寡女,就算有一定的年龄差距,在一起会没有发生任何事,可,这又的确是个无须特别证明给旁人看的事实。

我想,如果非要给它找出个理由的话,或者,唯一的原因是,我惊觉自己仿佛爱上了这个年轻的男人,我们的相安无事正是因为我对这份刚产生的感情十分珍重。

我们开始交往密切起来，我有一点不知道怎么解读这个交往。或许是不敢解读，它实在是有违世俗伦常。但，另一面，之于我，它又是神奇的。我不敢对自己承认，在经历了失败婚姻之后，生平第一次，我才真实地确定自己在"爱"着一个什么人，像文艺小说里描述的那种让人随时忘我的那种程度的爱。

忘我的同时，我当然没敢忘记他还有个姐姐，那个我生命中交往最久且相继扮演多个重要角色的女人。

天虹有时候会忽然在半夜打电话到我家，可能想求证天齐在哪里，顺便咒骂。她不知道，因为我的认真与坚持，天齐后来就绝少在我家留宿。她骂过来，造成的唯一后果，是增加了我跟天齐之间互相需要的力量。

这个事件，纠缠了半年有余，最终以郑爸爸的幕后介入，才得以对众人都有个体面的交代。

天齐被安排去英国。表面的理由是，他刚毕业一年，工作也不上轨道，大家对他还有更高冀望。

这总归是个事实。

天齐要走之前的一晚，我们去了天齐一个朋友开的火锅店吃涮肉，他要了一份芝麻烧饼，放在我眼前，热切地推荐说："一定要尝尝，他们家的烧饼特别美味！"

"我不能吃芝麻，还有一切用芝麻做的食物。"我看着烧饼苦笑。

"哦？"天齐很吃惊地问，"万一吃了会怎么样呢？"

"会抓狂。"我笑道。

"呵呵。"他低头道，"我巴不得你抓狂。"

"为什么？"我笑问。

"如果我们之间一定得有个人抓狂，我宁可是你。"没等我问，他继续说道，"因为你总是让我觉得应该保护你，从开始就是这样的，你是第一个激起我保护愿望的女人。"

我又感动，想，男人对责任的愿望，跟他的年龄，可能并没有直接的关系吧。

我们那时候坐在吧台上，那是一个年轻人开的创意火锅店，食物很地道，装修很新潮。天齐总是会带我去一些新开的店，我已开始习惯有他做安排的时光。

也是在我们交往的那段时间里，天齐用他最擅长的温和方式，教我更多地了解"电商"，让我真的开始喜欢上我的工作，而不纯粹是用它打发时间。

有时候看着天齐耐心十足地给我讲解那些新潮的常识时，我会想，一个有教养并乐于助人的人，内心一定是善良的。因为只有善良才会让一个人"同情"他人，而只有真正的同情才会转化成不求回报的给予。

有教养的天齐，在那半年里让我充分地感受了人性中的"善良"是多么美好。

"不过，还是挺遗憾的。"天齐叹道。

"为什么？"

"有的东西，明知道它是个美味，可惜不敢尝一尝。"

"可以想象啊。"我笑说，"很多美味，真的尝了，都没有想象中的美。"

"想象？"天齐边说着边凑过来在我额头上轻吻了一下，问，"那这样呢，你会不会抓狂？"说完他用左手拿筷子，空出他的右手，伸过来握着我的左手。

我也回握着他，一直握到晚饭结束。

那感觉真的很幸福，因为被一个我爱的男孩牵着手而幸福着。

我们从火锅店走出来，在街上散步。

起先并排走着，有一辆车从我身边飞过，天齐伸手把我挽过来，然后就一直挽着。

我们走到那条街尽头的一间PUB里听歌。那间PUB人很少，我们蜷在黑暗之中的沙发里，像两个鼓足勇气打算要初试云雨的小情侣。我能感到他的手在我衣服里面轻轻地紧张地出汗。不过，就算出了那么多的汗，他的手也只是一直徘徊在我的腰际，像在那儿迷失了方向，焦虑地颤抖，却举步维艰。

"好舒服。"

"什么？"

"就这样跟你在一起，待着。"他说。

我心里忽然燃烧起来，也为摆在面前的分离难过。

等PUB打烊，我们走出那条街的时候，天齐转身面对我，认真地问："我今天，还可以去你家住吗？"

我低头，想到他即将远行，鼻子酸酸的，又不想让他看到我的悲戚我的脸红，就把脸埋在他胸前说："我等你回来！"

他把脸靠在我头发上，我对他说："天齐。"

"嗯？"

"你一定会……成为一个特别优秀的人，所以，要好好用功哦。"

"哦。"他笑笑，把我的脸捧在面前，眼睛眯成一个弯度，弯出一条迷人的弧线，说，"你放心。"

其实，我心里想的当然是另一句。

如果时间允许每一个三十已过的女人还有资格对自己诚实的话，这句话的情形应当是：

"天齐。"

"嗯？"

"我爱你。"

是的，我是如此真挚地爱上了这个比我年轻很多的男孩，爱得如此纯粹，爱到无以复加。

我们在我家门口吻别，我不记得那是天齐第几次吻我，但，那吻一如记忆中和盼望着的一样温柔美好。

我想，我会一直怀念这样的亲吻，也怀念他在吻我的时候说过的那句话："知道吗？不管是什么年龄的男人，他或许会被欲望驱使而跟不够爱的人发生性行为，但，知道吗？男人绝对不会吻一个自己不爱的女人。"

天齐在第二天如期起程了。

我在他走后不久收到一封邮件，是天齐从机场寄出的。里面是他自己做的MV。音乐是他唱过的那首陈奕迅版本的《约定》，是他自己唱的。画面里有我学生时代的照片和一些以前天虹收集的连我自己都不记得的纪念品。

天虹也终于不再打电话来，天齐的离开，让我和天虹彻底中断了一切往来，连她的咒骂都不再有。

那是我人生中唯一一段没有人陪伴却也没有害怕的日子，我第一次知道，原来我也可以不用人陪而精力充沛地过每一天，因为想念的力量完全可以抵抗孤独，可以让人骤然之间变得比想象中坚强。

我在天齐走了半年之后忽然失去了他的消息。我们像有默契一样相继都不再更新朋友圈，也没有任何问候。我也没有为此特别纠缠，先是替他想象了一些理由，再来，就是因为心里有个执拗的第六感，相信他一定会再次出现在我面前。

很多女人都是这样的，"第六感"在很多女人的生命中都扮演着奇特的角色，为她们的任性或荒唐做托词。

可是，若不如此，又能怎样呢？

我的第六感果然没有辜负我。

就在我对失去天齐的消息已经适应得有些平静的时候，他却在出乎预料的时刻再次出现在我的面前。

那天我们网站跟新拓展的合作方聚餐，一个刚被开发的客户代表说她有个表妹刚从国外回来，是个美女。这位美女表妹最大的理想就是当"网红"，愿意帮我所在的那家网站新上线的少女系列拍产品广告。

我们的内容主管一听即刻心领神会，就热情地招呼说，不如请你表妹一起来吃饭吧，刚好也让我们看看，说不定什么时候就用上了。

客户大悦，就拨了电话给表妹。

那美女表妹不一会儿就翩然出现在我们的饭桌上，跟她一起来的还有她的男朋友，据介绍是在留学期间认识的，两个人一起回来过假期。

那一对年轻的男女，如果用"金童玉女"来形容，就真的是庸俗话了。

他们是美丽的，美得生意盎然。

那表妹的男朋友是郑天齐。

我看见天齐在我对面不远的地方坐下来，然后就始终安静地坐着，也始终都没有正面看我，像他小时候一样略带羞涩地半低着头，始终都很有教养地回答周围人的问话，也一直保持微笑。

他笑的时候，也像以前一样，眼睛眯出一个弯度，弯出一条我熟悉的迷人的弧线。

我看着这副笑容，几乎有一种冲动。很想告诉他，在他离开之后这将近一年的时间里，在没有他音讯的时候，我是那么地，那么地想念过他。

我当然什么都没说，甚至，没有让任何人看出来，这个客户的表妹的男友跟我，已经认识了将近二十年。而除了那二十年徒有的虚度之外，他也是除了我丈夫之外，唯一一个在我家留宿过的男人。

　　如果说这些都不能代表什么，那么又有什么能代表一个女人青春渐逝的感情挣扎呢？

　　我正陷入遐想，服务生帮我们上菜，天齐忽然伸手过来，把服务生刚要摆在我面前的那一盘麻酱油麦菜接过来，放在他的女友面前，然后用小到几乎没有人能听得到的音量说："这个，别放在这儿了，她不能吃任何跟芝麻有关的东西。"

　　那是天齐那天对我说的唯一一句话，也是他对我说的最后的句子。或是，确切地应该说，那句话，他并不是对我说的，因为他甚至没有抬眼看我，只是自语般地说出了一个陌生人的饮食忌讳。

　　桌上没有人听到这句话，也没有人在意这句话，除了我自己。

　　我笑了笑，跟送菜的服务生要了小二锅头，想在众人的热闹中独自庆祝一下，庆祝自己避免了一场在众人面前可能的失态。

　　奇怪的是，那一刻，我仍然觉得自己是幸福的，至少，能够确定，在这个世界上，还有一个人，一个不是父母也不是任何亲人的人，在隔了很久之后一直记得，我是个不能吃芝麻的人，也不吃任何跟芝麻有关的食物。

　　是的，这个留在去年的爱情，这个已被铭刻在我生命版图中的爱情，这个像陌生人一样坐在我面前的我爱的男孩，这个告诉我亲吻代表爱情的少年，这个我没意料而深深爱过，又不知觉就轻轻飘走的年轻的男人。

二锅头来了，我在所有人都不注意的情况下肆意地自斟自饮，脑海中忽然飞出来一句很应景的话"酒入愁肠化作相思泪"——那是我对我的最最难解的相思。

可是，真糟糕啊，在这么需要眼泪的时候，我却不被允许哭。

情爱相对论

9月28号那天，三十七岁的男性公民宋智有在不到二十四小时之内密集经历了一连串意外事件。

因为那些事情的发生，他开始相信"命运"的存在。

在那之前，和大多数人一样，宋智有每天需要面对的事务，在他看来不过都是"过生活"，尽管还没有进入法定的"中年"，但宋智有已渐渐养成一副未老先衰的心肠，对所有周围的人情世故都略带着一种机械反应般的漠然。

"命运"就是这么残酷而好玩。

"命运"的残酷在于，它会适时地让一个人知道一切并非理所应当，想要机械、想要漠然，不是那么容易。

"命运"的好玩也在于，它会适时地让一个人知道一切并非理所应当，想要机械、想要漠然，也不是那么容易。

"命运"这般的残酷和好玩，在佛教哲学中早已总结出了一个名词叫作"无常"。

9月28号早上，无常找上了宋智有。

早上7点，宋智有手机里的闹钟铃声按时响起。

宋智有在铃声响起之前就醒了。

自从二十几天前宋智有发现自己的那个重要的身体变化之后，他总是每天7点之前就被律动过密的心跳唤醒。

"律动过密"是有事实根据的，宋智有之前好几个无聊的早上都右手搭左手地对着远处的挂钟给自己把过脉。每分钟心跳的速度超过了他上一次体检时专业医师留过记录的"健康"范围。

作为一个专业会计师，宋智有早早养成了一切看数据的习惯。

然而，作为一个专业会计师，他也不得不面对即使有数据也不见得对应解决方案的时刻。

比方说他完全不知道如何面对这样的一些早早醒来然而不能有任何作为的早晨。

为了不吵醒睡在身边的姚莉莉，宋智有只能躺在那一动不动地对着天花板发呆。

"醒来"对宋智有来说毫无意义，他在醒来和下床行动之间唯一能做的就是无声无息地继续平躺在昏暗的房间里，像小时候等待下课的铃声一样焦虑地等待着闹钟的铃声。

姚莉莉是跟宋智有结婚许多年的合法妻子。

此刻，姚莉莉和每个早上一样，正有规律地打着鼾。

宋智有想不起从什么时候开始，睡着的姚莉莉会发出这种可观的鼾声。

也许她一直都这样，只不过从前都是他先于她睡着又后于她醒来，所以宋智有没察觉她打鼾。

直到最近，他醒了她没醒，"打鼾"才成了宋智有对姚莉莉的又一个新的认识。

是啊，即使在表面上看起来非常亲密的两个人之间，也长久地隔着诸多的未知。

有一天晚上睡觉之前，宋智有看姚莉莉心情不错，就跟她说了他听见她打鼾的事，不知道为什么，才没说两句，姚莉莉就被激怒了。

"我怎么会知道？！"

"再说了，你怎么知道是我而不是你自己？！"

"再说了，偶尔呼吸重怎么了！"

"你终于知道我有多累了吧？"

"我就不明白了，我成天这么累我图什么啊？！"

"你明不明白，我成天累成这样为了谁啊？！！"

宋智有主管语言的脑组织条件反射地蹦出"为我为我"这四个字。

姚莉莉深锁的眉头，把这四个字堵在宋智有的唇齿之间，他俏皮不起来了。

一个人俏皮的能力和性感的能力成正比。

姚莉莉不知道这个道理。

和过去许多年一样，她用连声质问终止了她丈夫的一部分诚恳、俏皮，跟与俏皮相关的性感，也同时终止了他们继续对话的可能。

宋智有很纳闷，他弄不懂姚莉莉被激怒的原因。真相是，他对"打鼾"这事完全没有任何负面的看法，不要说"负面"，他内心根本没有任何多余的情绪，就算有，也只能"讨好"：宋智有想要告诉姚莉莉，他听到她打鼾的时候，觉得她好像一只猫，是那种黏人的、憨实的、柔软的猫。

"猫"是世界上唯一一个能把依恋和性感完美地合二为一的生物。依恋是温暖的，然而，性感里面必须有一种胜券在握的冷，只有猫可以无障碍地把冷和温暖揉捏进同一种世界观。

如果女人掌握了猫性，基本上就可以在情爱的疆域所向披靡。难以琢磨的冷中有热总能挑逗出男性人类追求的热情，然后以变幻莫测的没规律让这种热情得以持续下去。

姚莉莉显然没有掌握如何持续情感热情的秘籍，她没等宋智有说出猫的事儿就已经火冒三丈了。

就这样，姚莉莉永远对此失去了知情权：宋智有向往她有那种状态，带着一点放松的、慵懒的、令人感到亲近的有小瑕疵的状态。

真正令人感到亲近的状态从来都不是完美的。

真正令人感到亲近的女人也从来都不是完美的。

完美里面多少要包含一点紧绷感，而那最多是令人敬佩然而不可能触发任何亲近。

姚莉莉属于"大多数"女人，既不完美也不放松，因而不容易让他人产生敬意也不是太容易令人亲近。

宋智有知难而退，在姚莉莉释放的紧张感面前再次放弃了解释，因此"打鼾"成了他们婚姻生活中的又一个禁区，不能提，也真相不明。

在他们的婚姻中，有过很多这样那样的发生，令实情因彼此的无法理解而被永久地封藏。

当然了，这也没什么，婚姻本来就是用来封存实情的。

企图跟不同思维的人描述一个客观事实，比掌握一门外语还难。

然而，总有一些事实既不能理解，也很难说清，又无法隐瞒。

比方说，宋智有在二十几天之前，发现自己ED了。

这个发现令他陷入焦虑。

这份焦虑随着时间的推移在9月28号早上到达一个新高峰。

原因是，按照姚莉莉的布局，在9月结束之前，宋智有势必要跟她发生至少一次婚内性行为。

可是，宋智有不知道怎么让姚莉莉面对这个真相，他甚至也不知道自己要怎么面对这个真相。

9月28号早上，ED的宋智有在焦虑中醒过来。

他在自己家的床上，全身僵直地躺着，眼睛无望地投向天花板，旁边的姚莉莉打着鼾，那鼾声经过怒火的重新定义，成了让宋智有莫衷一是的空洞的噪音。

天凉了，季节让一切变得更敏感。前一天半夜刮起的狂风，带着立志要消灭点儿什么的呼啸声，各个声部交错着，劲道地卷在窗外，余威未尽，持续到清晨。

宋智有独自听着鼾声和风声，感到自己一年中的悲观情绪到达顶峰，然而更令人悲观的是，他对此完全无能为力。

宋智有用搭在床沿的左手无声地摩挲着床单。

丝质的床单，纹理细腻，反复地摩挲之后不知道为什么能产生一丁点宋智有说不清的安慰。

这是这二十天以来宋智有的新发现。

无声地小幅度摩挲床单是他睁眼之后打发时光的唯一消遣。

床单是姚莉莉选的。

不管从家庭生活的哪个角度来衡量，姚莉莉都算是一个合格的伴侣。

对，"伴侣"。

宋智有想不出还有任何其他的词比"伴侣"更准确地指代姚莉莉。

婚前姚莉莉不是他最爱的人，婚后姚莉莉也不是他唯一爱的人。

或，应该这么说，在因为各种发生而见识了人性的诸多面目之后，宋智有并不清楚究竟爱又是什么。
关于宋智有不知道答案的"爱"，谁他妈真的知道？

促使他们结婚的原因，跟爱有没有关系呢？
宋智有的答案在时间流逝中模糊了。

几年之前，工作了很多年的宋智有以三十出头的"高龄"患上了水痘。是年二十八岁的姚莉莉置可能传染的风险于不顾，每天贴身照顾宋智有。病情最严重的时候，宋智有全身上下都被水痘布满，姚莉莉就坐在他旁边，没有丝毫厌弃的心情，没有任何女生常有的"密集恐惧症"的矫情，镇定地陪伴在宋智有身边，脸上挂着矢志不渝地要陪他康复的微笑，眼神穿过宋智有因长了水痘而耷拉下来的眼皮，努力地保持着跟他的对视。

那个眼神，在当时的宋智有看来，堪称是他"迷航时的灯塔"。

在他嫌恶自己到无望的地步时，姚莉莉仍然不离不弃。不仅跟他长久地对视，她还无师自通地在关键时刻发明了一个安抚他的有效方式：抚摸他的指甲。这个重大发明出现在宋智有病情最严重的时刻，那天，宋智有全身的水痘像听了贝多芬的某个神经质的交响曲乐章一样群情激奋、奋不顾身地从他的皮肤底层带着脓血一个挨一个密密麻麻地凸起，水痘们好像很兴奋，带着一种乌合之众的流氓精神集中发作到巅峰，没有给宋智有保留任何一块超过五厘米见方不疼不痒的正常好皮肤。

就在宋智有被这些闹革命的小脓包们折磨到几乎要冒出求死的念头时，坐在一边的姚莉莉，忽然伸出自己的一根手指，放在宋智有的一个指甲上，然后，开始打着圈抚摸那枚指甲。

当时宋智有全身每一个部位都被刺痒包围，只有指甲无血无肉亦无痘。那些唯一幸免的小小的身体的组成，就这样被姚莉莉一个一个地、缓慢地、很有笔力地仔细地抚摸。

她的手指在他的指甲有限的方寸上认真地游走，力度和规则颇有禅意地传递出细微但坚定的温度和触觉。

宋智有顿时有种被拯救了的感觉。

那是一种很难解释的爱抚，它包含了一些怜惜，像幼儿时期妈妈的掌心留在小孩背后的那种怜惜；还包含了一些信任，像神职人员留在迷失的人们头顶的那些以神之名的充满希望的爱的救赎；另外的一些，则是始于原罪的迷恋，是一个人对另一个人的身体的兴趣超出了对自己身体的兴趣而产生的一探究竟的浩然动力。

是的，怜惜、信任、迷恋，综合在一起，常常会产生一种被说成是"爱"的东西。而这几样元素，又缺一不可地互相制衡互相催生，很难想象没有怜惜会有信任，就像很难想象没有迷恋会有怜惜。

一切在男人世界所向披靡的情爱，无一幸免地都必须首先要包含着母性的光辉。

没有了怜惜和信任为前提，迷恋就如同茹毛饮血，粗鄙如禽兽。

就是这样吧，因水痘之故，姚莉莉的母性光辉在宋智有的情爱世界产生出一种魔力，让他从全身奇痒的追杀中暂时逃脱。它对宋智有的意义远远不是止痒，而是陷落。

当他全部的神经经由姚莉莉的调度集中于指甲时，宋智有清晰地感到自己跟姚莉莉之间产生了特殊的连接，那个连接经过反复摩擦，越来越坚实，越来越肯定。宋智有没有对姚莉莉说过，在那个场景中，他第一次对她产生了性冲动。

那是自他们约会以来，宋智有第一次对姚莉莉产生性冲动。

他无法描述那种感觉，他的身体好像既不受他意识的控制也不受水痘的控制。他像学会了飞翔一样瞬间摆脱肉身的负累，心无旁骛地感受着由指尖和指甲的摩擦带来的性幻想当中。那是宋智有人生中最美的性幻想之一，虽然跟满身的疮疖比起来，那个幻想是如此不合时宜，然而，又有哪桩自然的性觉醒曾经容得下一个人思考过时宜？

越正经的场面之下散发出越不正经的遐思，几乎是一种可以
跟"艺术"等量齐观的来自命运的馈赠。

这馈赠，必定是连接着有人相信有人不相信的天体。

后来有很长时间，指甲都是宋智有的敏感地带。俗话说的
"十指连心"，在他这儿，实至名归了。

因为这个无法分享的性幻想，宋智有简直要感谢水痘的
发生。

水痘没有辜负宋智有，本着负责到底的态度，在消退之际，
又把这一对寂寞男女的互动推向一个新的高度。

彼时宋智有已走向痊愈，某一天，姚莉莉征得医生同意，在
宋智有的病榻上打了一脸盆温水给他洗头。

宋智有脏了好些天，有点不好意思。尴尬令他看起来比平常
庄重了许多，他顺从地靠向床沿，任由姚莉莉把他的头放进她准
备好的温水里。

当宋智有的头被放进温水的一瞬间，他获得了一种重生感，
那不是普通的重生，是苦了一辈子的一介草民经过轮回猛然投身
到大户人家、应当鼓乐齐鸣两个时辰的隆重的重生感。

姚莉莉一只手托着他的头，另一只手开始在他头上摩挲，他感受到头顶每一个水痘的结痂在姚莉莉手指之间复苏了奇痒，紧接着，那个奇痒被及时彻底消灭。就这样，他梗着脖子，全心全意感受着头顶的奇痒一寸寸被唤醒又一寸一寸被消灭。那之前他从来没想过，原来在一个人类的头部这种面积不大的方寸之地，每个水痘都鞠躬尽瘁地努力痒出自己的质量和自己的风格，在有限的病变中做出了无限的努力，千姿百态无一雷同。头洗到一半，宋智有几乎要对折磨了他数日的这些奇痒产生惜败的敬意了。

如果不是姚莉莉及时把他的头从盆里捞出来，宋智有险些就地"觉悟"了，仿佛之前他将近三十年经历的一切感官世界的馈赠都应当在这盆温水面前俯首称臣。

每个人都最爱自己，多数人在决定把情感给予他人的时候多半是因为某种畸形的终于感到"被爱"。

就是这样，姚莉莉用了二十分钟时间帮宋智有洗头，宋智有独自经历了超过二十年的感悟。洗完，他抬起因尚未完全消肿，两边都只能勉强看到半个瞳孔的真诚眼神看着姚莉莉，声音沙哑地说："姚莉莉，你嫁给我吧。"

宋智有不认为他跟姚莉莉结婚是出于"感恩"。

除了陪他度过水痘期之外，姚莉莉出现的时间，刚好是宋智有人生的第一个重要的迷茫期。

在那之前，宋智有一向认为那些说自己"迷茫"的人要么是矫情，要么就是闲的。

而他，是一个从小习惯于凡事就事论事的理科生，是没有什么闲情逸致去"迷茫"的人。

宋智有的青少年时期曾经是长期被同学或邻居的家长当作范本表扬的那种"邻居家的孩子"。

他在以全省高考前十名的成绩考进对外经贸大学之前的十九年，都没怎么离开过他的家乡碛口古镇。

小学三年级的暑假，作为被镇上选送的五好学生，宋智有跟其他二十几个来自山西的少年一起，去北京参加了一个奥数比赛的夏令营。那短短的十天的游历，让少年宋智有惊诧地发现原来这个世界上还有那么多比他聪明的人类的存在，还有那么多比碛口有趣的地方的存在。因而，少年宋智有在那个暑假之后就早早确立了自己的人生目标：有朝一日他要到北京这个令他一见倾心的城市生活和工作。

从那年开学起，他比之前更努力读书，宋智有坚定地相信"知识改变命运"，知识和命运也在相当长一段时间里善待着宋智有——他顺利考入名校，继续品学兼优。在以"会计"专业大学毕业之后，就在著名的"四大会计师事务所"之一找到一份待遇不错的工作。

接着，他在他的岗位上，继续着他"天道酬勤"的人生风格，以总是比别人快半拍的节奏，制造出每两三年完成一次晋升的成绩，用了不到十年时间，就从"初级审计"做到了"高级经理"的位置，这样的升职速度，在他所属的行业，是值得骄傲的。

那年，宋智有刚过三十岁。

也就是在那年，他得了水痘，水痘痊愈后，他向姚莉莉求了婚。

世界上的事，总有一些表面上很难联系到一起的因果关系，大凡一件事被解说成是"缘分"，通常都因为人们自己搞不清这些因果之间的牵扯。

比如水痘导致了宋智有向姚莉莉求婚，比如迷茫导致了宋智有得水痘。

那是宋智有活到三十大几第一次感到"迷茫"。

本来，那年，宋智有的人生马上要迎来一个新的高峰，至少在他自己看来是这样。

春节之后，宋智有获悉自己是年有望再度晋升，那就意味着他将跻身"合伙人"的行列，并且，一旦这个晋升成立，他还会是过去的十年中他所在公司最年轻的"合伙人"。

"成为合伙人"是宋智有从入行第一天开始就矢志不渝的职场目标，在他的想象中，这个重要的晋升足够他在衣锦还乡之时对完全听不懂他在说什么的亲戚朋友面前炫耀好几年。而，在"完全听不懂的亲戚朋友们面前炫耀"，是像他这样的男人们安身立命的重要原动力之一。

整个的春天，宋智有都惴惴不安。那不是普通的惴惴不安，而是一种喉头每天忍不住要多涌动数十次、手心出汗量大幅度增加好几倍的那种等待光荣一刻如期来临的惴惴不安。

"记住，事以密成。"宋智有的"举荐人"老颜，在对宋智有告知了他晋升的可能性之后，又面无表情地对他说了这六个字。

在宋智有他们这个等级森严的行业里，每个有可能晋升成"合伙人"的高级经理都需要一个"举荐人"（sponsor partner）。老颜是宋智有的举荐人，从他成为高级经理的那一天起，老颜就经常在工作之内和工作之外给他意见和提点，并且多次把他招致麾下，成为老颜负责的各个项目中的一员。宋智有在老颜那儿获益匪浅，渐渐地，他对老颜产生出一种在政党或宗教团体中特别容易滋生的强烈的"效忠感"，他尊称他为"师父"，他人前人后都尊称老颜为"师父"，他对他言听计从。

在接到"事以密成"的指示之后，本着一贯对老颜的忠诚，宋智有尽量压制了自己的惴惴不安，在盼望的倒数中拼尽全力保持着表面的平静。在他看来，"成为合伙人"不仅是他个人的事业和理想，也是他能更有效地效忠老颜的必由之路。

就在宋智有浸淫在这样一种饱含着忠孝礼义的情怀中等待多时之后，结果终于揭晓：他没有如期获得晋升。更让宋智有备受打击的是，他意外发现，在所有给他的绩效考核打分的公司前辈中，老颜给他的各项分数都是最低分，并且，正是由于老颜打的

"最低分"过低，才直接导致了他未能晋升。因此，宋智有生平第一次"迷茫"了。

客观地说，宋智有打从进公司那一天起就是一个优秀的员工，不论他的业绩、专业技能还是团队合作度都具备晋升的资格，他想不通老颜给他打低分的原因，他更想不通老颜为什么表面上支持，可背地里却阻止他的晋升。

宋智有感到被"背叛"，他可以接受晚个一两年再晋升，但他无法接受来自自己最景仰、最信任的"师父"的"背叛"。

他迷茫了。

然后，迷茫的宋智有就以三十多岁高龄得了水痘。

或许他心里的郁结太需要出口，当那些水痘山花怒放一般一个接一个长满全身的时候，他才真的意识到，在他心里和老颜的师承关系对他是如此重要，那关系的崩塌对他的打击是如此重大。

就在这样一个前因后果的发生中，他向姚莉莉求了婚。

从小到大宋智有都需要心里有一个人当"支点"，最初是他妈，然后是他中学数学老师，上大学之后是团委主席，再以后就是老颜。

老颜的形象意外崩塌之后，无奈之下，及时出现的姚莉莉就临危受命趁乱顶上了。

当然，姚莉莉对此并不知情。

作为一名将近三十的大龄单身女青年，姚莉莉当时最大的苦恼是需要应对来自全部社会关系对她及时婚嫁的诉求，因而她目标明确地积极寻找一个配偶而不见得是一段爱情。

关键时刻她遇见了宋智有，他符合她择偶的基本要求：男的、活的、直的。

他也符合她择偶的最高理想：高学历、高收入、未婚单身、父母远在他乡。

他们俩认识在一个饭局上，那次宋智有的一个大学同学从南方来，几个外经贸的同学组了同学聚会，姚莉莉是其中一个同学带来的，是那一桌唯一的女性。

酒过三巡之后，几个男同学因为对一个体育项目认知不一争执起来，越吵越凶，姚莉莉试图劝阻，被一个不解风情的男同学顺嘴来了句："我们男的聊天，你女的听着就行了。"

姚莉莉红了脸，然而忍气吞声地坐着不走，还坚持给大家夹菜直到男人们偃旗息鼓。

中国男人自古以来就有"解决不了问题就转移矛盾让女人背黑锅受委屈"的文化传统。出恶声也不表示他们有恶意，坏脾气通常都是跟无能成正比。

当晚，因为顺路，宋智有被安排送姚莉莉回家，等到了她家楼下，他不知道是酒力还是闲的，还是对自己所属的男性群体的没理智表示歉意。总之，他没有马上离开，而是站在姚莉莉家楼下磨叽了一会儿，姚莉莉适时地凑上去帮他把衣领立起来，说了句："喝了酒别着凉了。"宋智有没有太多被照顾的经验，投桃报李，只好笨拙地把她的脸扳到面前，嘴对嘴献上一副唇舌。

那是一次偶发的接吻。

质量和诚意均欠佳。

一个情商有限的直男的世界，陷入失控或尴尬时分，除了打架就是打情色牌，要不还能指望他们想出什么高明的招数。

然而在姚莉莉的语境中，她认为那是他的示爱，至少他接受了她的暗示。

或是说，她不管，她自顾自地把那个唇舌对唇舌的交战定性为"示爱"，好为接下来的继续来往对两个人都有个官方说法。

姚莉莉是政法大学毕业的，实习期间，她去一家律师事务所给一位合伙人当助理，当时带她的女律师跟她说过一句话："一切没有结果的事就等于败诉。"

这句话成了指导姚莉莉各阶段重要决定的至理名言。

遇见宋智有之前，姚莉莉那年的新年计划就是专心找个合适的男人把自己给嫁了。

宋智有出现在姚莉莉的这个决心和计划之后也是天意。

姚莉莉并没有对宋智有产生特殊的情感感受。

但，姚莉莉不是那种沉浸于爱情小说或宫斗戏的无脑女青年。她冷静思考的能力远远超过受冲动支配的感受力。因而，一切的发生都会被她有效率地纳入跟人生进度有关的加法或减法。

就在宋智有酒后胡乱亲了她的当晚，姚莉莉冷静地以职业态度把宋智有当作一个"项目"做了一个"进度表"和一个"损益表"。

翌日，她按照表格的自定动作，不请自来地去了宋智有家，带了醒酒汤，顺理成章的。

汤不错，宋智有没拒绝。

后来姚莉莉就经常下班后到宋智有家。

她像个田螺姑娘，把宋智有的住处弄出了家的感觉。

在他们其后多年的婚姻中，姚莉莉用行动证明她当时并非一时兴起。她就是很会收拾屋子、做饭，她是天生的合格伴侣，由于"主场"是她的目标，因而只要是个房檐下她随时都在背水一战。

宋智有对此无可无不可，那阵子他正忙于晋升，一切其他的发生都无法博取他过多的注意力。

就在他们的关系在尴尬中胶着了一阵子之后，宋智有得了水痘。

宋智有完全没想到，短短的一个月之后，他就于姚莉莉面前，心甘情愿地说出了"你嫁给我吧"那五个字，那五个他一直觉得会属于更特殊的场面和更不同凡响的姑娘。

当然了，客观地说，"成年得水痘"也应该算是一个相当特殊的场面。

至于姚莉莉，她的确不是宋智有幻想过的"不同凡响"的姑娘。但她出现在一个不同凡响的场面中，以她不同凡响的方式，制造了不同凡响的接触，弥补了"幻想"本身的苍白。

宋智有跟姚莉莉结婚，结得心甘情愿。

想想吧，当一个人自己对自己都不忍直视的时候，还有人不离不弃地坚持盯着你看，不仅坚持看，还摸，如果那还不算爱情，什么才是？

对于任何两个最终能够成为伴侣的人，"时机"都比任何其他因素要重要得多。

宋智有和姚莉莉，碰上了对方刚好有需要的时机，他们成为合法夫妻，简直天经地义。

宋智有在康复之后重返工作岗位，和老颜之间的芥蒂一度令他很消沉。之前宋智有并不是一个有过太多消沉经验的人，为了及时应对他不熟悉的负面情绪，宋智有在很短的时间内迅速掌握了诸多恶习。

他学会了喝酒、沉迷于电游、参与赌球，以及在出差期间和有工作关系的人发生一夜或多夜情。

多数人都在经历挫折之后都会选择以作践自己去麻痹身心，就好像挫折的破坏力还不够痛快，需要靠自己的双手落井下石。

宋智有从进公司起就明哲保身的正人君子形象，很快被他自己的荒唐和流言转化成业内异军突起的"浪子"。就在他还没想好怎么跟自己的新口碑共处的时候，另外一则绯闻转移了同事们的注意力——公司上下开始疯狂地流传老颜的八卦。

那是隔年的三月，曾经跟宋智有一起竞争合伙人位置的一位女性，没有任何征兆地从"单身女性"成了"单亲妈妈"。

那位女性从进公司以来就以脾气大、态度差著称，时间久了，大家因息事宁人故，都习惯于凡事忍让她三分。忍让的结果之一是看着她的肚子一天天大起来，没人敢问其究竟。

直到该女性成为母亲，才由于她的新生儿的照片外流导致了众人的口舌。

连宋智有看到那张照片的时候都不禁暗暗惊叹：这孩子跟老颜实在是太像了。尤其那一对招风耳，好像3D复印件一样挂在那个婴儿小脑袋的左右两侧，要知道，"四大"的人在提起老颜的时候，用得最多的提示说明即"就那个，那个大耳朵先生"。

"大耳朵先生"几乎是大家私下对老颜的固定戏称。

当事人对此当然没有任何表态，单亲妈妈休完产假强势回归，脸绷得像铁打一般，那阵势，就算谁想问一句"你吃了吗"都需要鼓足勇气。

依旧在婚姻状态的老颜当然什么都没说，但不久之后，经老颜自己主动请缨，他被以一种明升实降的方式调去了一个二线城市。他的调动让这个八卦被注入了"屎"和"悲壮"这两种彼此产生出张力的色彩。大家对单亲妈妈的态度也悄然发生了变化。那阵子，几乎每个去港澳台地区出差的同事都会带两桶奶粉回来偷偷放在单亲妈妈的办公桌上，大家用行动表示着对担当的基本尊重。

在这个事件中，内心波动最大的除了被八卦的一对男女之外，另一个应该就是宋智有了。

在他心底，一直对老颜有一些心结，他需要给老颜对他的"背叛"找一个解说，好让他对那些心底翻滚过的委屈和皮肤上起过的水痘有个交代。

人一辈子多数时候都过度执着于"为什么"，忘了很多的问题本身其实就早已是答案。

尽管，自始至终，在这个一切以数据说话的行业，并没有任何证据证明老颜就是那个大耳朵婴儿的亲生父亲。但，因为这个加入了大量主观臆断的揣测，宋智有原谅了老颜。

在他为他设想过的十几个理由中，唯独少了这种劣质连续剧的剧情。而对宋智有来说，唯一能够让他对老颜的背叛释怀的，也只有"老颜是'为了爱情'"这一条。

老颜走后的那个夏天，宋智有终于在另一个举荐人的举荐之下正式成为"合伙人"。

那之前，不知道是什么心理作祟，在一次出差中，宋智有还曾经在酒店借酒装疯，故意摆出过一副要"色诱"他的举荐人的姿态。

那是一位比他大将近十岁的中年女性，她在工作之外的寂寞和她在工作中的干练一样醒目，宋智有在离开老颜后跟随她工作半年，这两样他都冷眼看得清清楚楚。

彼时宋智有已经在"浪子"的路上走出了一些心得，他知道，只要他愿意，他一定可以在这样的一组人物关系中收放自如。

然而，最终他选择了悬崖勒马。

倒不是突发了什么道德束缚，而是在那个他打算勾引她的花好酒香的晚上，他的举荐人一时动容，忽然说了许多对他在职场上的期许。

宋智有被那些肺腑之言触到了心底一个隐秘的柔软之处。他想起了老颜，想起有许多年，老颜跟他说过的很多很多对他的期许，那些出于老颜之口的说辞，由于被重复太多遍而难辨真伪，连宋智有自己有时候都禁不住想相信那些灼灼其华的期许。

不期的回忆让宋智有悲从中来，他放下酒杯，把自己演绎的色眼从举荐人的脸上移开，俯下身，捧着自己的脸哭起来。哭了一阵之后，在感到自己就快要忍不住倒进他的女性举荐人怀里之前，宋智有用尽最后的力气站起来，仓皇但决然地逃离了现场。

宋智有知道，他偶尔允许自己演浪子，他也可以找一个姚莉莉这样的人取代老颜对他的驾驭。但是，在他心里，"师父"始终就只有那一个，他不能让其他人来取代那个位置，那种接近或政党或宗教般的情怀，是他对内心虚拟过的"信望爱"的最后的坚守。

事后宋智有再次陷入惴惴不安。

跟上一年充满期盼的惴惴不安不同，这一次，他担心他的举荐人因为莫名被勾引又莫名被拒绝而报复他。

在宋智有看来，再次失去晋升机会事小，因误会给一个好人带来伤害事大。

好在，他的举荐人远比他想象的心智成熟。

宋智有在那年夏天终于正式成为"合伙人"，且事后女举荐人对他一直保持着有礼有节的距离。

因为这个阶段性的重要事件，宋智有对世事百态也有了一些新的看法。

他默默认为女人在遭遇中比男人更容易接近"伟大"。

比如单亲妈妈和老颜，比如姚莉莉和他，再比如他的女举荐人和他。

所有这些男女关系中，最后在扮演"担当"这个角色的，竟然都是女人。

当然了，"认为女人更伟大"也不是宋智有首发的感慨，早在他还是个少年的时候，他就对女性的伟大和担当有过深刻的认识。

话说有那么一年，宋智有的父亲，一时把持不住，和镇上的一个寡妇好上了。

尽管没过多久，这个桃色事件就因为不相干群众的过度介入而不了了之，可过程中宋智有父母迥异的表现，让他在心里对女性的评价远远高过了男人。

事发始终，宋智有的父亲唯一的"表现"就是拼命发脾气。对老婆发，对儿子发，对群众发，对家里养的家禽也发。等找不到任何发脾气对象的时候，他就对自己发，到后来，以其发作阵势看，似乎最想置他于死地的就是他自己。

倒是宋智有的母亲，以不变应万变，像什么都没发生一样，每天照着平常的样子过生活。

那时候少年宋智有正处在叛逆期，对这样一个丑闻当然是反应强烈，对丑闻中的父母也是反感得很明确。

他对他父亲的行为和脾气感到反感，他对她母亲包容他父亲的行为和脾气同样感到很反感。

尤其令他不解和气愤的是，他的母亲不仅没有任何过激反应，甚至在邻居们高密度风言风语的时候，她还迎难而上，故意跟丈夫一起出现在自家菜地里。那个菜地位于黄河支流的河边上，镇上的好多居民都能站在自己家院子里居高临下看到他们的菜地。

宋智有的母亲就那样从容地在地里偕同自己的丈夫一起摆弄着那些属于他们一家三口的西红柿和辣椒，她故意时不时地走到她丈夫旁边，摆出夫唱妇随的pose，硬把她丈夫的脾气软化在她的包容和顺从中，直到那些流言在她维护门面的决心面前渐渐式微。

然而宋智有对他父母的嫌恶并没有随着流言式微。

有那么一个下午，宋智有的父亲外出，家里只剩他们母子二人。

宋智有的母亲给他做了一锅他最喜欢的面食"猫耳朵"，然后，趁他吃得高兴，给他讲了一个质朴的道理。

宋家妈妈是有备而来，宋智有并没有。

他刚吃没几口，他母亲舀了一勺新炸的辣椒油放进他碗里，悠悠然地问他说："儿子，你说，咱家的油辣子，香不香？"

"香啊。"宋智有吃得不想抬脸，含着浸染了辣椒油的"猫耳朵"回答。

"那你说，咱家的油辣子，都能是用自己家晾的辣子炸的？"

少年宋智有没想到他妈妈有埋伏，负责地摇了摇头，因为去邻居的屋檐下偷晾好的辣椒是他小时最喜欢的游戏之一。

他母亲停了停又问："那你再想想，咱家门口树上的枣子，甜不甜？"

"甜！"含着面想着枣，宋智有感到很快乐。

"那咱家门口树上的枣子，你都能摘全了？"宋妈妈用了设问的语气，一脸必胜的笑容。

少年宋智有此刻察觉到这不是几句纯粹只是跟食物有关的交谈，他放下筷子，思考了几秒，又摇了摇头。

他是诚实的，在这个镇上，任由邻居家的少年来摘枣之后再满院子叫骂也是成人们的重要游戏。

宋智有的母亲进行完这段对话，低头吃了一口自己碗里的

"猫耳朵"，吃完，用筷子敲了敲碗边，自语一般说："那不就完了。"

怕宋智有没懂，她又补充道："你还能因为辣子里面有别人家的，你就不吃今天这碗面了？不能！那你能因为有人摘你的枣子，你就把树砍了？不能！气性重要吗？重要！可气性不能当饭吃是不是？腌菜缸里进了苍蝇咱就把缸砸了？砸缸的不是没有，有！倒是看着好看，听着好听，动静挺大！只怕过年谁没腌菜吃，谁就知道什么才是真委屈！这日子要不要接着过，别人怎么评说那是别人的权利，自己怎么过还得看自己的本事！"

这位劳动妇女以坚强的语气表明了自己的立场，说完放下碗筷站起来把宋智有的碗端起来收走了，收得相当决绝，宋智有没喝成面汤。

但宋智有服了，他的记忆里，她母亲一向言行一致，的确有过那么一年，她腌的一整缸咸菜都发霉长毛，她很镇定，没抱怨天地也没砸烂咸菜缸，就地在院子里把所有的菜都捞出来先洗干净，再用盐巴抹了一遍，又一捆捆地挂在院子里的晾衣服绳上，几天之后，把晾干了的咸菜收好，照吃。

为了弱化腌菜发霉可能引发的不良口感，宋智有的妈妈在每一次炒菜的时候都加重了调料和肉末的比例，这对宋智有来说，因祸得福。

中国女性的DNA里面有种特别坚韧的传统因素，她们害怕任何变化，只要可以保持她们想象中的不变，她们愿意为"守住"绞尽脑汁，鞠躬尽瘁。

就是这么一位对"守住"颇有决心的农村妇女，四两拨千斤地，以两三个出于生活的朴实举例，对她儿子定义了她对自己丈夫找寡妇睡觉的看法。

几年之后，寡妇再嫁，宋智有的母亲还若无其事地和其他人一样随了程度相当的彩礼，她不卑不亢的态度，一度成了镇上的楷模。

后来好多年，宋智有他们家一家三口都过得风平浪静丰衣足食，辣子、枣、咸菜、人，样样不含糊，一度成为碛口一带模范家庭的典范。

"你看看人家老宋的女人"和"你看看人家老宋的儿子"，这两句话长久地挂在碛口人民的嘴边。

不管对世界的看法有过多少种变化，宋智有始终觉得母亲是个了不起的女人。至少她让他明白，发生了什么不重要，发生了什么之后作何反应才重要。

在这种环境下长大的宋智有，骨子里就瞧不起那些遇见大小事就扑通一屁股坐在地上拍自己大腿干号的女人，他敬佩处乱不惊的女性，比如他母亲，比如姚莉莉，比如那位单亲妈妈，比如他的新任举荐人。

宋智有在心里彻底放下了老颜之后，择日跟姚莉莉结了婚。

尽管，在他的水痘消退了之后，他对姚莉莉的热情也跟着消退了几分。

姚莉莉在宋智有向她求婚之后，就借故从律师事务所辞了职。那之后，她每次在宋智有家留宿都会看似不经意地留下一些她的个人用品。然后，她找了个宋智有出差的时机问他要了钥匙，那之后，宋智有每次出差回来都发现他的住处被姚莉莉按照自己的意愿做了一定程度的改造——每次改得都很克制，刚好改在宋智有接受和拒绝的边沿。就这样，半年之后，他们的"同居"状况被姚莉莉操持成定局。

姚莉莉平常的收入靠炒股和经营淘宝店。他们的共同爱好十分有限，性爱也乏善可陈，姚莉莉对"过日子"的兴趣远远大于"床第之欢"。

男人的热情多半来自伴侣的回应，几个来回之后，宋智有任由姚莉莉主导他们的家居环境和情感风格，两个人就当真"过起日子来"。

姚莉莉很会照顾宋智有的生活，好几次他恍惚之间觉得自己回到了少年时代，姚莉莉做事风格的行不苟合，同时对他关心得无微不至都像极了他的母亲。

很多男人都会不由自主地照着"妈妈"的形象找一个伴侣，有的是因为对母爱的依赖，有的是因为对母爱的不满足，宋智有大致属于前一类，也很难说这不是一种高质量的伴侣生活。反正，没过太久他就习惯了有姚莉莉在的衣食无忧，在他，那也不啻是一种"衣带渐宽终不悔"。

他们并没有马上结婚，甚至在他向她求婚之后的那个春节，宋智有也并没有邀请姚莉莉跟他一起回山西老家看他的父母。

　　倒不是没动力，而是他对她太有把握，就如同她对他有着同样的把握。

　　"宋智有，你离不开我的。"在他们婚后的争吵中，姚莉莉说的最多的台词就是这句。宋智有承认，姚莉莉说得对。

　　即使是在他偷偷出轨的那一年里，他也没能建立起坚定地离开姚莉莉的决心。

　　尽管，他遇见了他自认为也难以离开的女人。

　　"你喜欢我什么？"宋智有的婚外情女友Mandy问他。

　　"我喜欢你的长相、你头发闻起来的味道和你嘴巴亲起来的味道，还有，你皮肤摸起来的感觉，特别软、特别滑，哦对了，还有我们做爱的时候你的呻吟，特别好听。"

　　"哎呀！你怎么那么色啊！"

　　"我只对你才色。"

　　"你讨厌！"

　　这是某一次宋智有和Mandy对话的Q&A（问题和答案），所有在Mandy认为是调情的内容，其实都是宋智有发自肺腑的大实话。

他就是喜欢Mandy的容貌、味道、触感、嗅感和声音，基本上《心经》里所说的"色声香味触法"都囊括了。

而这些，无一例外，姚莉莉都没有。

在他们确定恋爱关系直到结婚的头一年里，他们还保持一个月来几次的性行为中，姚莉莉也都是从头到尾一声不吭。

起初宋智有以为她是紧张，后来发现那就是她在那个时候会出现的正常状态。

一个女人，做爱的时候不吭声，睡着了之后打呼噜，除了"老婆"，她还能是什么。

宋智有试着引导她发出声音，结果就是对于"为什么要出声"这件事的各执一词。

"又不是畜生，为什么要喊出声？！"姚莉莉气愤道。

"你错了，畜生才不出声呢！"宋智有反驳。

"我一个城里人，我怎么知道畜生怎么交配！"

"我是乡下人，我知道畜生怎么交配！所以我告诉你，畜生才不出声！"

"宋智有，你骂谁？！你不要欺人太甚！我是你老婆我又不是鸡，你嫌我不好你娶我干吗？"

"你搞清楚，我娶你就是一时兴起，你要嫁给我那可是你矢志不渝！"

"宋智有你别没良心！当初你一身烂疮的时候我就不应该搭理你！"

这样的对话，结果当然是双方都很愤怒。然而一个婚姻中不能用性爱和钱财解决的问题都是婚姻中的"自由基"，只要有效地隔绝它们组合在一起形成绝症，婚姻就还是能在郁郁寡欢中麻木地进行下去。

姚莉莉天生是过日子的行家里手，在她高度控制和妥当安排的衣食住行中，宋智有只好把性爱和自由意志都放在婚外的阴影之中。

"宋智有，你离不开我的。"这句既是姚莉莉对她丈夫的结论，也是她对自己的宣誓。

姚莉莉做到了。

她对驾驭宋智有有种无师自通的天赋，尽管宋智有并不喜欢，但是他没有抗拒过这种关系。

是的，"没有抗拒过"，直到他们结婚多年之后。忽然有一天，姚莉莉没有任何征兆地在他出门之前，对他说了句："喂，我们生个孩子吧。"

他们结婚六年，这六年，一切好像经过彩排一样一切都按部就班，没有任何令宋智有"失望"的地方。

姚莉莉会持家，他们一切共同话题的交集只有在"生活"本身。

吃什么、用什么、换什么车、怎么理财、看什么综艺节目、逢年过节先去哪个亲戚家，除此之外，没了。

时间久了，宋智有难免会有种"怅然若失"的感觉，尽管他也说不上那究竟是什么。

宋智有试着发展一些其他的兴趣以打发自己内心的不甘和不明。

然而对一切与发展生计无关的事，姚莉莉都言简意赅地以断喝的语气问出以下三个字："有用吗？"

宋智有答不上来。

结局就是宋智有一次又一次放弃尝试。

他不愿意违拗她，他不是怕姚莉莉，他是怕麻烦。

如同他和Mandy的分手，也不是因为他不再爱Mandy，也是因为他怕麻烦。

这样的婚姻生活，越来越舒适，然而，一切也仅仅止步于"舒适"。然而，一切也仅仅止步于"舒适"。

好像哪怕多一点超出"舒适"的要求都成了真正的奢侈。

这也包括对彼此真实想法的了解，就像宋智有搞不清姚莉莉为什么冒出了"生孩子"的念头一样。姚莉莉也并不知道，就在她提出"生孩子"的建议之时，宋智有正在经历他职场上最大的危机。

整个夏天，宋智有都陷入恐慌。

先是他手下的一个高级经理，在做一份"合并报表"的时候出了错，把一个"会计分录"给做反了，导致"收入"和"成本"同时增加了五千多万。尽管这个错误数据尚没有高于行业规定的"重要性水平"，不至于酿成大祸。但，宋智有对于自己在最后的审核中竟然没有发现这个错误而相当懊恼。要知道，多年以来，他在业内都是以"心中特别有数"行走江湖的。他的业内口碑，是建立在常年极其精确、极其专业、极其负责的前提下的。

然而他竟然在一份出了差池的报表上签了字，宋智有不是不能原谅他的下属，他主要是不能原谅他自己。

那位出错的高级经理在向他报备错误的时候，报表已经下了厂印刷，在他们的行业中，到了这个地步，基本算是覆水难收。宋智有在经过一番思想斗争之后，为维护口碑起见，决定忽略这个失误。

他没有回复那位高级经理的邮件，在办公室碰上的时候也不做任何说明。在宋智有的盘算中，他想等过一阵子再找一个时机安抚一下那位导致错误数据的高级经理。哪知，宋智有还没具体举措，那位姑娘倒是先于他提出了辞呈。更令宋智有意外的是，那姑娘不仅自己辞职，还带走了半个组的成员去了另一家跟他们有竞争关系的会计师事务所。就这样，她不仅带走了一众宋智有看中的骨干，还带走了一个宋智有看重的秘密，而这两项都跟他最在意的职业声誉息息相关。

这还不是最糟糕的部分，不久之后，正当宋智有踌躇满志地调兵遣将准备重建团队时，一向与他交好的两个能源公司相继出了问题，而公司新近在争取的主要合作对象，又是宋智有最不熟悉的高科技产业。对宋智有来说，这意味着他带的团队在年底之前可能面临因没有合作方可服务的"轮空"的厄运。也就是说，宋智有很有可能在这个行业供职十几年之后，就地失业了。

然而，就在宋智有陷入职业荣誉受损和基本生计危机的双重焦虑之际，他太太姚莉莉，冷不丁地提出了"生孩子"的建议。

对"结果"颇有热情的姚莉莉不是那种说说而已的泛泛之辈，想必她在宣布这个决定之前就做过缜密的计划，因此，她在告知宋智有她的决定时，也同时给出了清楚具体的执行计划。

根据那个计划的进度，宋智有首先跟姚莉莉一起去接受了深度体检，然后，按照体检医生就结果的分析开始每天吃各种维生素和补充剂。

此间，宋智有按姚莉莉的规定戒了烟，也不被允许喝酒，同时每周三天每天抽出两小时在姚莉莉指定的一个地方做中医调理按摩。帮宋智有调理的中医，也是姚莉莉亲自面试安排的。宋智有总觉得那个中医看他的眼神别有深意，以他对姚莉莉的了解，多半她事先已经跟中医清楚地说明了调理的主要目的。在所有这些准备工作都安排妥当之后，姚莉莉又对宋智有宣布了一个日期，并且用跟她当时宣布"生孩子"一样的语气，没带任何感情色彩地对他说："我们得在容易受孕的那几天做爱。"

就这样，宋智有听从姚莉莉的安排，遵照医嘱，在7月和8月的月末分别做爱两次，才坚持刚两个月，宋智有发现，自己ED了。

这是一种他从没想到过的可怕体验，他首先失去的并不是物理能力，而是跟性关联的那种致命的欢愉感。

在他跟她的身体紧紧连接在一起那不长的几分钟里，他的神魂好像分裂成另外一个独立存在的人一样从体内毅然逃离，逃到一个袖手旁观的位置，冷冷地，略带嫌恶地看着这样两副躯壳动物性的扭动和摩擦。

然后，宋智有惊恐地发现，即使他的身体表现出可以被解读成高潮的释放，实际上，从头到尾，他没有感觉到哪怕一丁点的欢愉。

如果可以选择，他也想跟他的神魂一样逃离到别处去袖手旁观，尽管冷淡，然而至少可以保卫他对自己的忠实。

生而为人，最大的悲哀，难道不就是无法保卫对自己的忠诚？

在跟姚莉莉的互动无法感到欢愉之后，宋智有尝试过躲在安全的地方看情色作品自渎。

本来那是他婚姻中的长期保留项目，但是，这一回，这个项目向宋智有证实了他对自己的担心。

整个9月，宋智有都陷入空前的悲哀，这悲哀在时间来到9月28号这一天的时候又演变出许多恐慌，宋智有的悲观情绪到达了这辈子的巅峰。

另一面，以他对姚莉莉的了解，在下个月1号来临之前，被迫和她行房几乎是在劫难逃的事，而宋智有不愿意让她知道他的忽然ED。在他看来，比ED还让人沮丧的就是不得不向他人交代ED这个事实。

宋智有发现自己的问题之后上网查了很多资料，在对照完自己的情况之后，他打了个电话给他母亲。

其实他就是想旁敲侧击地问一下他父亲人到中年时的体能状况，以此来判断是否首先排除网上说的"遗传"的可能。

宋妈妈在跟儿子通完电话的48小时之后就出现在了宋智有面前，跟她一起现身的还有一大堆她从家乡背来的看上去身份不明的风干动植物。

"知子莫若母。"宋妈妈说完这句直奔厨房，在放下手里的动植物之后抬起袖子快速抹了一下眼泪，自语似的说，"当初你要娶她我就不同意，高颧骨、薄嘴唇、又没胸又没胯，这样的女人，谁跟她在一起能生养？我好好的一个儿子，正当年呢，被她弄坏了！"

听完这句，宋智有无语凝噎了。

他自以为他在电话里的提问方式非常婉转，并且，他尽量把所有想知道答案的问题都以"我有个朋友"做主语隐晦地包裹在若无其事的闲聊里了。尽管如此，还是被他这位擅长洞察世态的母亲看穿。宋智有碍于面子，强打精神掩饰说："真是有个朋友跟我打听……"

"儿啊，你就别糊弄我了，你碰上这种事儿，你会跟朋友打听？"

宋智有回答不出他母亲的反问，只好拿出"儿子"身份撒娇道："妈，我这不就是未雨绸缪嘛，现代医学都讲DNA的影响，我多了解一些我爸在我这个年纪的健康情况，我好知道我都应该注意什么。"

"你爸？哼哼，你爸在你这个年纪，那家伙，要不是镇上强行给结扎，你后头怎么也得再跟三四个弟弟妹妹出来。你爸，啧啧，行得很！呵呵。"宋妈妈说着忍不住在自己发出的象声词中略微沉浸了几秒，猛然发现沉浸得不妥，赶忙换了个严肃的声调转回儿子的现实："这是多长时间的事儿了？"

"刚发现。"

"噢，姚莉莉怎么说？"

"她还不知道呢？"

"啊？她不知道你自己怎么知道的！"

"妈！这你就别问了！"

"你外头有人了？"

"没有！这么忙，哪顾得上啊！"

"要不你外头找个人试试，兴许就好了！"

"妈！您知不知道您自己说什么呢？"

"我怎么不知道我自己说什么！我这么好一个儿子，原本是紫气东来的祥瑞年华，被个不争气的儿媳妇鼓捣蔫儿了，那还不外头找人去！来，把这个喝了！"

说完，宋妈妈把刚从锅里沥出来的一碗酱色的浓稠的水煎动植物递给宋智有。

从那天开始，宋智有每天又增加了一个令他头疼的新项目，就是要按时喝掉他母亲为他调配的特产特饮。

为了不让姚莉莉知道内幕，宋智有只能委曲求全，在他母亲递过来每一碗亲手烹制的味道古怪的汤汤水水之后，就着她神秘的眼神赶忙一饮而尽。

这种情况持续了整整两周，宋妈妈才在宋智有坚持谎称自己被神奇治愈之后回了老家。临走还把她炖好的半锅"私房壮阳水"晾凉，用小塑料袋一包包装好，放在冰箱里，嘱咐宋智有按她标记在塑料袋上的日期定时喝完。

姚莉莉没有对她婆婆的秘方起疑心，她已经习惯了宋智有的父母每次进京都会带一些味道刺激的食物过来，她也习惯了她婆婆每次都会瞒着她给宋智有烹煮一些土特产。姚莉莉从没有垂涎过那些味道诡异的食物，但她丈夫一家人对待食物的珍惜和对待她的防备，让她长久地在自己和他们之间设立了一道屏障。

宋智有也知道姚莉莉的心结，他妈妈住在他家的那两周，宋智有在断续失眠的夜里都没有听到过姚莉莉的鼾声。直到他母亲离开，她才又放松心情地打起呼噜来。

手机的闹钟铃声终于在7点准时响起来。宋智有如释重负，假装打了个哈欠就立刻翻身下床。

姚莉莉也被闹钟吵醒了，她转身问宋智有："你又这么早起来干吗？又不用那么早进办公室！"

宋智有从她的语气中听出些许端倪，上个月也差不多就是月末的时候，他早上应姚莉莉的邀请赖床，结果刚打算闭上眼睛睡个回笼觉，就愕然发觉姚莉莉的手已经伸进他的内裤。

那是一次两个人都很感到挫折的经历。事后宋智有的调理中医又给他加了很多奇怪的腰部针灸，他没多问，但挨扎的时候心里很是愤懑。宋智有对女性世界最大的不满就是她们在控制你的时候，还非要打着爱的旗号。

这些愤懑都变成一股负面能量流在宋智有的身体里，它们强取豪夺地巩固了他的障碍，让宋智有深深陷入人生最大的困境。

为了避免情况恶化，宋智有尽量减少一切跟姚莉莉同时在床上醒着的可能。况且，他即将要迎来最艰险的一天，他不能让姚莉莉的计划破坏掉他自己的计划。

是的，为了这一天，宋智有做了很多缜密的安排。他要从各个可能中寻求答案，以期最终在尽量不为人知的情况之下，独自解决自己的问题。

到了9月28号下午两点，宋智有已经经历了两次"诊断"，他为此一共付了将近三千元的诊费，然而，除了生了一上午闷气之外，一无所获。

一大早，宋智有先去见了姚莉莉找的那个帮他们研究生孩子方案的医学博士。之所以找他，在宋智有这有两个理由：一来，解铃还须系铃人，这位博士对宋智有的各项指数知道的最清楚，最容易发现问题；二来，出于尊严，宋智有还是想把这个问题控制在尽量少为人知的范围之内。

在跟博士再三确认让他务必对姚莉莉保密之外，宋智有在博士那儿做了一些常规检查。

令宋智有失望的是，博士给他的答复和他自己在网上搜到的答复差不多，大意就是以他的年纪和健康程度发生这种事情，很有可能是心理因素作祟。

博士看出宋智有的失望，继而给宋智有指出两条明路：一是建议他继续在他们的诊所做深度检查；二是给他介绍了一个心理医生。

宋智有心里略微评估了一下，这家涉外诊所的价格不菲，由于之前的部分诊费宋智有都可以使用公司的保险，所以他没有太多顾忌。然而这次他的秘密检查不但不能走保险，甚至不能刷卡。姚莉莉对宋智有信用卡上每一笔超过300元的消费都会刨根问底。管理严格的太太早晚会培训出行事不敞亮的先生，宋智有在结婚一年之后就成了自己曾经非常瞧不起的那种"存私房钱的男人"。

而"深度检查"超出了宋智有心里动用私房钱的预算，权衡之下，他选择了先去见见博士推荐的心理医生。

跟心理医生见了面的二十分钟之后，宋智有回到他自己的车里，心情比早上离开家之前又差了许多。

他跟心理医生没什么像样的交流，他不相信那个连自己的眼镜片都不肯擦干净、已经谢顶，但仍然坚持不洗头发令其肆意冒油的蜡黄脸色的中年男人能治好自己的问题。

向一个看起来比自己长得更像ED的男人坦承这个难以启口的问题，是宋智有ED之后最糟糕的经历之一。

独自在车里发呆半小时之后，宋智有打了电话给老颜。

这是多么令人悲哀啊，在宋智有心里来回翻阅了无数个形象之后，在"信任"那一栏重复率最高的依旧是老颜。

"不如你来找我吧，我正好在北京，刚结束一个灵修课程。"

老颜在电话那边回答得不悲不喜，不像是他们之间有过长达一年多的疏远，也不像他们在这一年多不仅没有见面也没有过任何联络。似乎他对宋智有忽然打电话问他好不好这事早有预料。

再见老颜的一瞬间，宋智有心头涌上一股久违的暖流，那个藏在心底的真实的自己对着正在专注于洗茶的老颜叫了一声"师父"。

眼前的这个人，曾经是宋智有在他的行业里最敬仰的一个人。

在宋智有不到四十年的人生中，他一共就有过三个"宏伟"

的理想：第一个理想是从碛口考入北京名校，他做到了；第二个理想是毕业后进入一家知名外企，他也做到了；当他认识了老颜之后，他有了第三个同量级的理想：那就是，他要成为像老颜这样的人。

大部分的男性在从男孩到男人的过程中都需要一个"榜样"支持他们前行，大部分男孩或就近认定自己的父亲，或抽象地找一个电视里的超人形象当作榜样。宋智有没有这样的便利，整个的少年时代，他父亲每隔一阵子都会制造一些事端，令宋智有翻新他对他难以抑制的看不起。与此同时，为了要逃离那个他出生成长的地方，他尽己所能地把所有时间都用来玩命读书，没有时间和闲暇关注影视剧。

多年以来，宋智有心里的"榜样"都是个空缺。在他遇见老颜的时候，那空缺忽然被激活，好像它在那儿虚位以待多时，就是为了等候老颜这样的一个男人的到来。

不知不觉中，业已成年的宋智有把少年时期那些留白的对榜样的情感都投靠给了老颜，那个情感主要包含了崇拜、信任和依赖，就这三点，在老颜被宋智有认为他"背叛"他之前，从来没有一件事让宋智有失望过。

老颜在行业内的知名度很高。

他对数据的审查能力经过几个成功案例的传说，具备出神入化的英雄色彩。早在宋智有刚进公司，还是个初级审计的时候，就目睹过老颜对表格一目十行、过目不忘的卓然风姿。

经过宋智有多年目标明确的努力和积极争取，在他成为"审计经理"的那年，终于如愿成了为老颜所熟悉并经常会钦点的业务骨干。

"你记住，永远不要跟你面前的数据对抗，把它们想象成你的伙伴，甚至组成你自己的一部分，带着情感去发觉，而不是带着情绪去挑剔。"老颜如是说。

他是宋智有人生中第一个告诉他要带着情感去面对数字的人。

这从根本上改变了宋智有和他每天要面对的那些表格之间的关系。

有一次宋智有跟公司同事一起去看了电影《叶问》。他忽然发现老颜教他的工作方法其实非常接近电影里描述的"咏春"，那是一种一切顺势而为、借力给力的、比针锋相对更高级的征服的姿态。

他走出电影院后跟同事们分享了他的观后感，大家没大所谓地取笑了他。

"什么跟什么啊？老颜要是叶问，那老贾就是霍元甲咯！"

"什么霍元甲？暴露年龄了吧！我们小时候都看《黑猫警长》！"

"去，你小时候看的明明是《瓦尔特保卫萨拉热窝》！"

"真不是一个童年，我只知道'赐予我力量吧，我是希瑞！'"

"Sasha特像希瑞！"

"算了吧，Sasha更像柯南！"

"柯南是男的！"

"你不觉得Sasha也基本上快成爷们儿了吗？"

"咳，咱们这行，女的成爷们儿，男的成伪娘是早晚的事吧。"

"哈哈哈。"

"哈哈哈。"

众人无聊地热闹着，没人理会宋智有的感悟。这倒是更坚定了宋智有追随老颜的决心，在大家越来越整齐划一的无聊中，他看到他跟老颜之间的"知己之感"。

"生而为人，就两种可能：要么艰苦，要么无聊。"这是老颜跟他说的。

"成为少数派是需要勇气的。"这也是老颜跟他说的。

世道有选择地向宋智有证明着老颜的说法，宋智有把他自己的心得转化成跟老颜更紧密的师承关系。

当然，一切出神入化首先要基于坚实的基本功。这个宋智有不缺，他从小学开始就没允许自己的成绩跑出过班级的前三名，这一水平只有在他大学一年级的时候被"基础教育的地域性差别"打乱过一年，等到了大二，他又追回了自己应该在的位置。对一个学霸来说，"水涨船高"是对自己不容商榷的要求。

然而并不是所有基本功扎实的学霸都能在对技术的运用上游刃有余。

宋智有认为，老颜带给他的最重要的提点，就是让他懂得了怎么跟那些硬邦邦的基本功相处，让它们真的变成自己的一部分，以最适当的"风格"化技术为能力，随时应对职场的变幻沉浮。

"数学的终极状态是哲学，哲学的终极是艺术，所以你要给自己定一个高起点，如果你能用艺术的心态来对待数学，你就能永远在数学面前立于不败之地。"

"不要跟数字死磕。一个了不起的人，最终的失败往往不是对短板的处理不当，而是对强项的过度发挥。你看拿破仑或丘吉尔。"

以上这些，还是老颜的观点，他总能在宋智有感觉自己掌握了些什么的时候及时地抛出新观点，让宋智有继续喜滋滋地沉浸在一种有榜样可崇拜的"学无止境"的幸福感当中。

除了业务能力和思想水准之外，老颜跟别人的相处方式也特别令宋智有艳羡，尤其他跟女人的相处方式。

"一个男人，要'色而不淫'。懂吗？"

"不懂。"宋智有在心里如实回答，但他依旧习惯性地在老颜的教诲面前猛烈地点着头。

老颜教诲宋智有的都是他自己的确擅长的，他和女性普遍关系较好，不仅愉悦了工作环境，也经常有效地转化成业绩。公司每年都有一两个合作是基于老颜跟各合作方中身居要职的女性平常关系密切而促成的。当然，作为一个由内而外的"专业人士"，老颜也总是能恰如其分地让自己跟合作者的关系控制在一个不给当事人制造麻烦，也不给他人制造口舌的范围之内。这个节操一直保持到那位彪悍的单亲妈妈生了个大耳朵的娃为止。

本来，老颜深受女性欢迎这个特点和他的业务能力一样在"四大"中有口皆碑。

宋智有很艳羡这一点，他是一个注重学习并具备学习方法的人，他对自己没有天分，但感兴趣的事都会迎难而上。

有那么一段时间，宋智有跟在老颜左右默默观察他和女性同事的相处规律。几个月之后，他就照着他总结出的那些具体可行的方案实践了一下。

起初他也不觉得那是什么难以效法的秘籍，然而一旦当他开始付诸行动，才发现当一个"受女同事欢迎"的男人是多么不容易。

他先是照着老颜打招呼的模式见到女同事就赞美。

可是，在他夸完她们的胖瘦、着装或气色之后，多半女同事的反应是一脸愕然。

宋智有困惑了，他用的句型基本是照抄老颜的原话，但那些女性在听到老颜的赞美之后要么故作娇羞，要么是当场笑得花枝乱颤。

在宋智有迎难而上坚持赞美女同事将近一周之后，一天，他的一位女同事写了一封内部邮件给另一个女同事：

"刚才山西古镇凤凰男忽然莫名其妙跑过来夸我的发型，吓死我了！看来我真得换个发型师剪头发了。"

不知道是该女同事故意为之还是不慎手滑，她把这封邮件抄送给了她所在的整个审计组。所以当事人宋智有也及时看到了那封邮件。他很气馁，下午跟老颜出去开会，一路闷闷不乐。

目睹了整个事件的老颜没对此发表评论，开完会也没立刻返回办公室，直接带宋智有在东方广场买了几件价格适中的衬衫。宋智有要自己付钱老颜执意不让，其做派像个正当年的爸爸要治愈成长阶段的儿子。

果然，结束购物后老颜还附赠了一段下午茶感言："衬衫得每天换，跟做爱前后都要洗澡一样重要。记住，干净比时髦重要。"

老颜的寥寥数语，把宋智有的世界观又刷新了一遍。他暂时放慢了赞美女同事的脚步，按照老颜的教导，坚持每天都洗澡和换衬衫，并且用了半年时间看完了二十几本书和二十几部电影。

"你喜欢奥黛丽·赫本？谁不喜欢奥黛丽·赫本。"老颜说，"那你知不知道奥黛丽·赫本的遗言是什么？她说'如果要优美的嘴唇，就要说话亲切，如果希望自己眼神动人，就要懂得看他人的好处，如果想要好身材，记得把自己拥有的分享给他人'。"

以上这番话是一年多之前老颜和宋智有交流电影观后感的时候，他教育他的内容。

那是他们交恶之前老颜最后一次教诲他。

这些回忆，在宋智有身陷人生最大困境且接连受到来自医生和心理医生的打击之后涌上心头，成了感动跟期许。

脆弱的宋智有放弃前嫌，期待这一次他一样能从老颜那儿找到答案。

"师父，您为什么不希望我成为合伙人？"宋智有也不知道自己张开嘴第一句为什么问出了这个跟ED完全不相干的问题，他并不想提这个，然而那个问题好像被压在山下五百年的孙悟空，在"师父"出现的时候，忽然松绑，自行绕开宋智有大脑的控制，直接从牙缝里挤了出来。

老颜继续侧着头垂着眼皮洗茶，过了好一阵才缓缓地说："那都是你的心魔。"

"可是我看见您给我的评分了，都特别低！"宋智有委屈地以快过老颜至少一倍的语速接着说。

"其实你什么都没看见，那都是你的心魔。"老颜又重复了一遍这句话，依旧是面无表情语调平淡，依旧是固执着他的语速和节奏，说完，递过来一杯茶。

宋智有接过那杯茶，茶很烫，宋智有不知是该忍着手指疼继续端着，还是忍着喉咙痛冒险喝下去。老颜抬眼看他，接过他手里的茶杯放在茶台上，说了两个字："放下。"

"人生很多时候都是这样，如果你没有足够好的解决方案，最智慧的选择就是'放下'。比如这杯茶，你端着它也烫，喝下去也烫，那你为什么还不撒手？因为你怕失去。可实际上你什么也不会失去的，就像你其实什么也没真的拥有。"

在老颜说完"放下"那两个字的时候，宋智有以为自己了悟了，但等老颜自己追加了解释之后，宋智有又糊涂了。

老颜又换了一泡茶，接着说："小宋，你有没有想过，我们除了想那些个'生活'的问题之外，是不是也应该想一想'生命'的问题？"

说着老颜从他盘腿而坐的蒲团旁边拿出一本小册子，对宋智有说："从今天起，以后如果再见面，请你也不要叫我'师父'了，就叫我'仓央平措'吧。"

老颜边说，边缓缓打开那本小册子，放在宋智有面前，然后他手心向上，大拇指放在掌心，用其他四个手指恭敬地指着那个册子上的"人物关系表"对着宋智有一通娓娓道来。

老颜一口气大概说了一个多小时，才因为要去洗手间而不得不中断了讲解。

过程中宋智有一句话都没说，倒不是因为他对老颜讲述的跟佛教或禅宗有关的内容完全无知，而是，在老颜讲述的过程中，他的回忆忽然把他带到了多年之前的一个画面里：那天，在公司的小会议室，也是只有老颜和他两个人，也是老颜对着一个"人物表"向他讲解"四大"的荣损关系。

不同的是，那天喝可乐这次喝茶，那天用的是PPT这次用的彩印手册，那天讲解的时候老颜点到人物时用的是激光笔，而这次用的是并齐围拢的四根手指，那次讲的时候老颜左手戴的是一块金色的劳力士，而这次戴的是一串沉香木的佛珠，以及，最关键的不同是，那天讲的都是宋智有在入职前后有幸见过的业内诸位大活人，而这次讲的这些，是宋智有并不确定自己生前死后能否有幸一睹本尊的各路神佛。

除此之外，除此之外，除此之外似乎并没有什么不同。

似乎岁月用了几年时间把他们这两个人平移到了另一个空间，然而，实则他们并没有任何改变，照样是一个在困扰着自己的困扰，另一个得意着自己以为的得意。

"何其相似乃尔！"这通突如其来的了悟，把宋智有所有事先打算跟老颜剖白的感念和困惑都噎了回去，他忽然又一阵灵魂出窍。

"这都是你的心魔。"老颜说的。

宋智有好像明白了这句话的意思，他也在共处多年又分别了许久之后好像忽然看懂了老颜。

在宋智有看来，如果一个连对自己打过的分数或欠过的情债都无法诚实面对的人，他掌握的技能、受到的拥趸和自以为在精神世界的参透，又是谁给谁的心魔？

而这样一位习惯于假作真时真亦假的"师父"，又能有什么另辟蹊径的好方法教他宋智有从他的勃起障碍中解脱出来？

那个茶室里熏着香、燃着蜡烛、响着为咒语谱的曲、供奉着说不出名堂的神佛的画像，在刻意制造的与世无争的假象里，汩汩地荡漾着呼之欲出的造作的"佛里佛气"。

他喝了一口茶。

他也喝了一口茶。

他叹了一口气。

他也叹了一口气。

他们彼此，终于，都感觉不再有拖欠。

宋智有忘了自己是怎么跟老颜告的别，等他再次回过神的时候，发现自己正坐在中国大饭店的大堂吧。

他想了好一阵才想明白，自己为什么在这儿——有那么一年多，中国大饭店是宋智有和他的往日情人Mandy幽会的地方。

那里离Mandy的办公室很近，离宋智有主要服务的一家客户的办公室也不远。

他和Mandy认识就是因为那家客户的上市计划。

之前他们见过好几次，每次都是在不同的会议室，Mandy说话的时候动作和语调都很夸张，只要她出现的会议，整个空间就都跟着热闹起来，好像每个角落都被她张扬的手势和中英文混着用的形容词瞬间填满。宋智有在跟Mandy成为情人关系之前，从来没有跟她有过正面的交集，在他以往的经验里，这种有过在国外学习和工作背景的连发梢都飘荡着骄傲的女性，通常对他都存在着"血统层面"的瞧不起。而他对抗"被瞧不起"的方式，就是他先行一步明晃晃地亮出自己对对方的不屑一顾。因而，

Mandy每次发言的时候，宋智有总是抿着嘴看向不同的方向同时保持眉间微蹙，用轻视她的专业维护着自己非专业的尊严。

在最后一次必须见面的工作会议之后，Mandy的老板会前邀请包括宋智有在内的几个项目主要负责人中午一起吃饭。哪知等会议结束，与会人员又各有工作要务需要应对，只剩下宋智有和Mandy。

宋智有正在思考自己应该拿捏什么样的态度和立场，Mandy已从她老板手里接过他特地准备的那瓶红酒，并夸张地挽住宋智有一路笑着说她一定当好代表，积极维护公司主权。

在他们成为情侣之后Mandy坦承她对那瓶酒的兴趣远远大过宋智有，她对红酒颇有研究，对她老板的吝啬颇有微词。因此当时铁了心要跟她老板的那瓶价格不菲的红酒共进退。

宋智有哪知道这些，他在Mandy动作夸张的臂弯带动之下放松了警惕，就地解除了之前对她不必要的敌意。他们就近去了中国大饭店一层的"阿利亚"，那天中午的客人特别多，他们俩被安排在角落里一张勉强摆得下两张餐布的小圆桌。由于空间狭小，两个人坐得很近。

空间狭小并没有影响Mandy手势多、形容词丰富的习惯，她从头到尾又说又笑，一顿饭吃下来，宋智有听她用她的方式把这次合作的上市项目讲了一遍，那些明明也是宋智有自己亲历的过程，却被Mandy讲出了完全不一样的风格。

原来在宋智有眼中死气沉沉枯燥乏味的人物关系和利益关系，经由Mandy的描述平添了很多人性复杂的趣味。

重点是，Mandy身上散发着一种香味。那不是具有侵略性的香水或香氛的味道，而是一种时有时无的好像从头发或皮肤上散发出的突出但柔软的香味。

宋智有以前没有离Mandy那么近过，也没有那么放松地接受她，不知道她原来香得如此沁人心脾。

宋智有以前没有见识过太多女人香，在他少年时代的生活环境中，女人的主要香味等同于饭香。不论是他的母亲、婶子姨妈姑姑表姐，每个女性的气味都对应着一道拿手菜或她们重点养育的动植物。后来他的那些女同学女同事，要么就是被课业折磨得没什么女性特征，也顾不得体味如何的干物女；要么就是心机和气味成正比，走到哪儿假到哪儿的俗脂艳粉。至于他的太太姚莉莉，他已渐渐闻不出她和自己的味道有什么区别，好像共同的生活没有带来性情的妥协，然而就制造了气息的妥协，让彼此失去了自己的味道。

因而，当Mandy这么手舞足蹈地带着通身的香味在他旁边不到半米的地方欢声笑语的时候，宋智有慌了，他三十多年的人生，没有应对这种女人香的经验。

那香味在宋智有对自己的自怜中变本加厉地从他的嗅觉和皮肤侵入他的身体，在Mandy讲到第四十分钟的时候，宋智有赫然发现他的身体不管不顾地对此产生了强烈回应，为了强加掩饰，他不停地喝酒，试图靠酒精压制不受大脑控制的突如其来的性兴奋。

然而，宋智有又不胜酒力，导致饭后Mandy不得不就地在中国大饭店开了个房间把已经不清醒的宋智有送去房间醒酒。

那天最终的结果是，宋智有首次发现自己可以在半天之内云雨四次，之前他一直以为那都是文艺作品里带着夸张的写作手法。

原来故事里讲的都是人间真情，不相信故事的多半是自己命不够好没运气经历而已。

Mandy的香和她嘴里发出的那些宋智有闻所未闻的各种象声词，在他们伴着酒意的欢愉中更上一层楼。这些都让宋智有在即刻做了毅然出轨的决定之后产生出一种"革命有理"的叛逆的光荣。

原来征服是那么值得。

原来被征服是那么值得。

"我们不要醒过来，好吗？"宋智有在那天黄昏的筋疲力尽中向Mandy提出建议。

"好，我们不要醒过来。"Mandy接受了这个建议。

后来的很多次，他们都会约在阿利亚小酌，然后上楼去幽会。

"你好软。"宋智有赞叹，"我终于明白，为什么他们用'温柔乡'这个词。遇见你之前，我既不知道什么是温柔，也不知道什么是温柔乡。"

他说的是心里话。

他在那年Mandy生日的时候，给她买了一只钻表并写了一张生日卡。

那是宋智有平生送出过的最贵的礼物，那也是宋智有平生第一次如此动情地写一张生日卡。

在那张卡上，宋智有写到：

You're beautiful, you have so much in yourself you should be proud of and feel happy about. I wish someday I can tell myself that you're mine and you agree.

这一次，宋智有对Mandy的两个揣测都是准确的，她喜欢他送她看起来很贵的礼物，她喜欢用英文写成的表达。尽管以宋智有的不善言辞，换成他国语言会打更多折扣，但，这些都不再重要。

"你知道吗？你的性感就是你的憨劲儿。"Mandy赞美了宋智有写在卡上的质朴语言，并欣然接受了他送她的礼物。

宋智有觉得幸福极了，他完全没想到花了那么多钱，他不仅没有觉得心疼反而真的感到幸福。他一贯是一个对钱看得很重的男人，他也没遇见过哪个女人让他觉得有必要调整他对钱的重视。即使结婚之后都是姚莉莉在管钱，在宋智有的观念里，那也是他的钱，不过是另一个人代为管理而已。Mandy是宋智有的人生中唯一一个模糊了他对钱的计较的那个人。如果说他自认为半辈子都没经历过理想的爱情，那么Mandy至少带他到达过理想爱情的边缘——对另一个人在乎到开始对钱不那么计较，真是令人由衷地感到幸福，这是多么珍贵的体验。

有一次，宋智有在网上看了一段描述北极狐狸的纪录片，狐狸在雪地上捕食的时候会飞身跃起，然后轻盈地任由自己扎进厚厚的白得明晃晃的雪地里。

狐狸那种对雪地义无反顾的热爱和全身心放松投入的姿态，让宋智有联想起了自己跟Mandy的欢愉。

在相当长的一段时间里，宋智有对Mandy都是这种视死如归一般"陷落"式地爱着。

然而，激情有一个天敌叫作"成本"。

宋智有在跟Mandy以情人的关系交往了半年之后，渐渐开始计较起"成本"来。

主要令宋智有退缩的并不仅仅是指开房、送礼物、制造旅行机会，这些物质成本，令他头疼的是需要欺骗姚莉莉、安抚Mandy以及为了隐藏行踪而不得不编造的一个个彼此有关的连环式谎言。

"你打算什么时候跟你老婆离婚？"Mandy在某次他们幽会之后的晚饭中，自信地提出了这个问题。

那之前不久，宋智有一个不小心地让在楼下车里等他的Mandy看到了刚采购归来的姚莉莉。

那天Mandy在她自己的车里，姚莉莉拎了两大袋刚从平价超市买回来的日用品和甬道上的宋智有碰上了。

她问他怎么提前回来了。

他仓皇地说有个重要文件存在家里的电脑上了，他回来拷贝一份就去公司接着加班。

姚莉莉不耐烦地点了点头，皱着眉自己进了单元门。

那天的姚莉莉，本来就是赶赴一趟日常采购，所以没化妆、没好好整理头发，身上随便穿了一件宽松的运动服，被洗衣机洗得过于松垮而倾泻在她身上，令她只穿了运动内衣的胸部八字得格外明显。

她哪里知道，楼下不远的地面停车场潜伏着的情敌看到了她松松垮垮的一面。

"所以，你打算什么时候跟你老婆离婚？"在他们分手之前，Mandy这个问题密集地问了两个月。

在她看来，只要她愿意，让宋智有完全地属于她，基本上是手到擒来的事。

理论上好像也应该是这样，Mandy年轻、漂亮、性感，她比宋智有的发妻有意思多了。

以Mandy的人生经验，她没看清的现实是，或许男人会贪图女性的年轻、漂亮、性感，但大部分中国男人不见得需要一个太"有意思"的人成为自己的发妻。因为吧，"有意思"这事呢，"成本"太高，它需要匹配足够的阅历、智商和自信。应付职场已经让大部分男性在阅历、智商和自信三个方面长期处于弹尽粮绝需要被扶贫的状况，基本不具备实力继续应对整天精力充沛散发着自己的"有意思"的伴侣。

宋智有并不是没有想过干脆彻底离开姚莉莉，跟Mandy在一起。然而，他具备相当的自知之明，他知道自己不是徐志摩，不会为了理想化的爱情疲于奔命，最后把自己累死。和大多数正常人一样，他对"有意思"的向往不会超过对自己"内存"的估量。在肾上腺分泌回归稳定之后，他渐渐被"成本"的压力、Mandy的过度活跃和她不掩饰的优越感折腾得激发了退意。

某一天，宋智有在朋友圈转发了一篇文章，题目是"你们在讨论女孩能否蹲着，外国明星自曝上了性爱网站"。内容大致是说，国人在热议女孩在公共场合蹲着是不是妥当的同时，在《哈利波特》系列电影中出演赫敏的爱玛·沃森小姐以一个名校高才生之姿，如何大方坦承自己会看教导女性性爱的"黄色"网站。文章的潜台词就是说，国人对女人的要求太苛责，思维太狭隘云云。

"你转那篇文章特别low。"当天的晚饭中，Mandy就这篇文章发表了如是看法。

"又怎么了？"宋智有问。

从他们交往几个月之后，Mandy渐渐开始没什么顾忌地对宋智有的衣食住行、言谈举止发表意见和看法。

起初，跟Mandy交流感受是宋智有在他们的关系中最享受的一个部分。

没什么人跟宋智有交流，除了工作和吃喝拉撒之外的内容。

他的生活基本上两点一线，在公司跟同事聊的都是工作，回家之后和姚莉莉除了吃什么、用什么之外没什么可说的。

姚莉莉除了照顾家庭生活，对人类所剩无几的热情基本上都贡献给了各种连续剧。

宋智有没有胆量告诉姚莉莉，他对她渐渐失去性欲，其中一个主要的原因是他真的很讨厌她对电视剧的痴迷。

某一天Mandy跟宋智有云雨之后，问他和姚莉莉是否还保持婚内性行为。宋智有回答说："很久都没有了。不怕你笑话，我太太除了过生活之外，没什么追求，最大的爱好是看电视剧。我对此很反感，但是不敢说。我太太对着韩剧掉眼泪的样子，说真的，有点蠢。一个男人很难对自己觉得蠢的女人保持性欲。"

宋智有说的是真心话，他无心用"比较"去讨好Mandy。的确，在他们电光火石的恋情中，有一个重要的推动力是"交流"，那种真正意义上的，没有利益关系的平等的交流。

宋智有对此倍感珍惜。他从Mandy身上感受到一股女人发自骨子里的性感，那是一种自信的、被足够多的见识支持着的游刃有余的性感。

然而，好景不长。

天生好胜的Mandy已经长期习惯自己的自信、见识、游刃有余和性感了。

就在宋智有为他终于找到一个能跟他"交流"的优质性伙伴感到欣喜的时候，Mandy的优越感渐渐自然显现，在她对他们的关系感到安全的时候，她不自觉地对宋智有启动了她最熟练的"批判模式"。

"你转那篇文章特别low。"是日晚饭，Mandy就宋智有转发文章发表了如是看法。

"又怎么了？"宋智有问，当天的自信被动摇，嘴里嚼着的食物也随之乏味了几分。

"蹲不蹲，是教养！你看哪个有家教的女人会蹲着？你在伦敦大街上、在纽约大街上、在东京大街上，看见过有女孩子蹲在地上吗？教养！说'教养'都大发了，是'家教'！这有必要讨论吗？就像是有必要讨论吃饭应不应该吧唧嘴吗？你还跟着转！真有意思！"Mandy批判道。

"你没看完，我转的是说国外对女明星看色情网站都见怪不怪，我们蹲地上就成了问题。"宋智有为自己争辩道。

"错！我当然是看完全文才要告诉你，这篇文章就是偷换概念。蹲不蹲是教养，能不能看色情网站是法规。因为色情网站在我们这儿illegal！如果哪天legal了，我头一个看，不但看，我还分享呢。这就是这篇文章最可笑的地方。它把'蹲'和'色情'同日而语，按这个逻辑，在它心里的设定就是它们属于同一层级了？别逗了！自古以来能把'色情'弄得像那么回事的都是有教养有见识的文人雅士，'色情'哪有那么容易？'色情'那是属于高级层级的好吗？'蹲'有什么可说的，除了'没家教'还能是什么？就像mating和making love能一样吗？这种话题我实在懒得参与，这个世界low货太多，说得过来吗？你还跟着瞎转，特别可笑！"

Mandy的这一番言论，听得宋智有只剩下沮丧的力气。他想不出什么辩驳她的说法，重点是，辩驳本身已不再重要，他失去了分享的兴致。

他为此感到难过，分享是支撑他对她的情欲的重要源泉，而他正眼看着她亲手毁坏它，作为当事人的宋智有却无能为力。

就是在那次不欢而散之后，宋智有把他和Mandy的私情告诉了老颜。

在那之前，他一直瞒着他是怕得不到老颜的支持。

果然，"师父"老颜不太看好这段感情："呵呵，你们长不了。你根本handle不了这个女人。"

后来宋智有经常回想，如果来自老颜的态度是正面的鼓励的，他和Mandy会不会持续得更久一点，甚至索性鼓足勇气在一起。

宋智有很在意老颜的评价，在他和Mandy和好之后，他没想明白似的，把老颜的评价转述给Mandy："我师父说，我跟你长不了，因为我handle不了你。"

"你师父？就那个道貌岸然的大耳朵猥琐男？"Mandy当时正在对着镜子重新化妆，听完宋智有的话，立刻一脸愠怒，"他他妈认识我吗？他就瞎说！他有什么资格评论我！我跟你的关系关他屁事！他见过什么像样女的经历过什么像样的感情？Handle？太可笑了！两个人在一起为什么要谁handle谁啊！就他这一句话就透出了他内心深深的自卑，我特别能看透这种中国男人，表面上人五人六的，根底里还是老农民！今儿要handle这个，明儿想handle那个的！典型的loser心态！"

Mandy当仁不让地回击了老颜的言论。她不知道在她图一时口舌之快贬损着把老颜放在对立面的时候，她和宋智有之间的关系也出现了质的转变。

自那一次开始，宋智有彻底打消了放弃姚莉莉跟Mandy在一起的念头。他认为老颜是对的，他的确"handle不了她"。不仅如此，是Mandy的出现才让他意识到，他不仅handle不了她，他也handle不了任何人，包括他自己。

如果他可以handle自己，他就不会让一个一开始那么美好的发生，在短短不到一年之后就变成一个糟在心里的毒素。

更糟糕的是，在他看来Mandy说的也是对的，那种打从心里想要handle谁的感受，恐怕就是一种隐匿着的loser心态。也许他就是个loser，只不过，没有Mandy这种手疾嘴快的人的出现，他还活在得过且过的自我蒙蔽里。

就是这样的一场春梦，不仅在心里播种了毒素，还吹醒了他赖以生存的自我蒙蔽。

宋智有开始刻意放慢了婚外情的脚步。

Mandy对此很不满，为了博取宋智有对她的珍惜，她开始不遗余力地在他周围以各种方式证明自己的魅力。

而那些努力，却加速了他们之间的结束。宋智有不是一个喜欢在情场上竞争的人，Mandy越是左右逢源，宋智有就越是能感到失控的不安。

女人对世界的误解之一是以为自己更有魅力就会更被爱，真相是男人征服有魅力的女人其实终极是为了证明自己的魅力，因而都是在可控的范围之内，不能悬殊太大、风险太大，否则就跟证明自己魅力的原旨背道而驰了。

因而，像宋智有这样一个对"成本"和"产出"之间的制衡有着严密计算审查的人，对于需要过度投入成本的方案他都会异常审慎。

而Mandy不同，投行的实质是尽己所能把一切都包装得更加理想化，投行的精髓是包装完之后自己首先成为这个"理想化"的忠实信徒。

不久之后他们就彻底分手了。

宋智有对自己一时兴起的分手方案并不感到自豪，然而这个世界上又有什么分手方式是值得回味的？

"你到底打算什么时候跟你老婆分手？"那天在Mandy再次问出这个问题之后，宋智有忽然恶向胆边生，他顿了顿，说谎道："我老婆，她，怀孕了……"

Mandy盯着他的脸呆了几秒，嘴里含着食物说："你不是说，你不是说你跟她都不会做爱了吗？"

作为一个极其提倡礼仪姿态的人，Mandy常年以身作则，从来没有含着食物说话的纪录。

宋智有没回答，低头切自己盘子里的牛排。

Mandy"哇"地一口把她嚼到一半又含了一会儿的一只生蚝连柠檬汁和红醋一起吐出来，吐在面前的盘子里。

这个行为在她更是从未有过的。

宋智有吓得停止切牛排，抬头看着她。

Mandy拿起餐布仔细擦了擦嘴，从嘴里咬牙切齿地挤出"你个王八蛋"这几个字，然后"乒呤乓啷"把她手边能够着的一切都向宋智有丢过去。

直到服务生大概是心疼胡椒瓶，赶忙跑过来阻止，才中断了她对他的袭击。

Mandy离开之前走到宋智有面前，拿起他的酒杯把里面喝剩的红酒泼在他脸上，然后当着劝架的服务生和看热闹的其他食客丢下一句："告诉你宋智有，遇见我是你这辈子经历的最棒的事儿了，可你是个人渣，你不配！"说完踩着她的Christian Louboutin高跟鞋愤然离开。

路过门口对领位的服务生，以宋智有和所有仍在用餐的客人都能听到的音量说：

"听着，送每桌一瓶Moet Chandon的rose brut，就现在！账单算那个刚才坐我对面的渣男。如果你不照做，就等着我投诉你吧！"

就这样，两个人分手了。

宋智有在回家的路上回忆着Mandy婀娜的背影感慨地想，她说的是对的，遇见这样的一个女人，的确曾经是他这辈子经历的最好的事。

而他亲手完结了这件事，且那并不是一个有计划的分手。

姚莉莉当然没有怀孕。

而且之前他对Mandy说的也不是谎言。

事实的确是，不记得什么时候开始，他们夫妻，就不再做爱了。

宋智有知道自己并非失去了性欲，他只是对姚莉莉失去了性欲。

姚莉莉对此也没有特别的态度。

随着职位越来越高，宋智有变得越来越忙，夫妻俩除了吃饭睡觉、看看电视之外，所剩无几的一点时间和精力还要留给对琐事意见不一导致的吵架。

似乎不做爱倒成了情理之中的事。

宋智有对此有些无解。

有那么一阵子，宋智有开始感到"孤独"。

那是一种前所未有的孤独，和青年时代那种单纯地觉得自己怀才不遇的孤独是完全不同的另一种孤独。

这个孤独，是一种不管才不才，遇不遇，孤独终究是孤独，那种更让人绝望的孤独。

在那个孤独里，他最不想面对的人，就是和他生活最密切的姚莉莉。好像面对会令他最不堪的秘密被发现，那个不堪的秘密，即是一个婚姻稳定、安居乐业、衣食无忧的成年男人，竟然还不可救药地感到孤独。

在亲手结束掉自己婚外情之后的那个晚上，宋智有孤独的峰值到达人生的顶点。

在此之前，至少Mandy花里胡哨的存在像一个海市蜃楼一样，让宋智有偶尔逃离孤独的笼罩。

那个心碎的晚上，他把自己关在洗手间里，拿了本玄幻小说，佯装看书。

耳朵里塞着耳机，反复地听他那一阵子最喜欢的一首歌：James Blunt的*You are beautiful*：

And I don't think that I'll see her again,

But we shared a moment that will last till the end.

You're beautiful.

You're beautiful.

You're beautiful, it's true.

那几乎是他的心曲，一度他以为的真爱，又失之交臂。那个"真爱"不一定是Mandy，而是因Mandy的出现让他能"生活在别处"的假象的幸福感。

他在浴缸里躺了四十分钟之后，姚莉莉自己弄开门进来，把他那本当道具用的小说从洗手台上移走，把他的耳机从耳朵上拿开，然后她坐在浴缸边，从水里抄出毛巾，拎起来，放在宋智有背上揉搓。

这个动作她重复了十几次之后，宋智有放弃内心的壁垒，将头贴在姚莉莉腿上哭起来。

姚莉莉什么话都没问，任由宋智有哭了一阵之后，她拍拍他的头淡淡地说了句："起来吧，水凉了，再不起来该感冒了。"

然后她站起来走出去，像个日本女人一样带着对隐私的恭敬半低着头带上了门，把宋智有的秘密和情殇关在了他们家的厕所里。

自那天起，Mandy也从宋智有的生活里消失了，直到时隔近两年之后的9月28号这天。

他打电话给她，告诉她他现在的位置。

不久她就出现在他面前，听他梦游一般没有任何保留地对她说出他自己的问题。

这是宋智有第一次彻底地把自己身心的困惑全部说出来，比对医生说出的版本还要完整。

Mandy在听宋智有叙述的时候一直一言不发。等他说完，抬眼看她，她依旧是沉默的，她那张总是有很多表情的脸上，此时看不出丝毫悲喜哀欢的迹象。隔了多年之后，宋智有首次感到他彻底败在Mandy面前，她此刻的平静和沉默比她当初当众拿酒泼他更令他尴尬。

"记得吗？你说我是人渣，是loser，看，被你说中了。"宋智有企图以调侃自己来活跃一下气氛。

Mandy没有接他的俏皮话，又沉默了好一阵才缓缓地问："我在想，你为什么会来找我，你为什么要跟我说这个，你的目的是什么？"

宋智有低头苦笑道："我没有什么目的，这一阵子以来，我就是想找一个能说心里话的人，忙了半天才发现，原来找个能说心里话的人，那么不容易。"

"哦，如果这样的话，那你找错人了。我已经过了那种会没目的地跟人推心置腹的阶段，知道是谁终结的吗？"Mandy的语调渐渐恢复了宋智有熟悉的抑扬顿挫，"是你。是你终结了我跟别人推心置腹的愿望。"

"我知道，Mandy，是我的错，我对不起你。"宋智有说完，把脸埋下去放进自己的手里。

"不，我并没有责备你，刚好相反，我是在赞扬。一个成熟的人就是不应该没目的地跟别人推心置腹，这是你教会我的，比你带给我的任何东西都有价值，真的，我受益匪浅。"Mandy说，她的语气，就好像她真的在表达一种感谢。

宋智有更困惑了，他重新抬起头，眼睛酸酸地动情道："你别这样，Mandy，你这样我更难受，我宁可你骂我一顿。"

"我骂你干吗？既然你都来找我了，那我有责任帮你寻求个结果或起码是出路。我是个banker，我的使命就是让小的变大，让没有变成有。你忘了，这方面我是个行家。呵呵。"Mandy说。

宋智有没有理解Mandy的一语双关，Mandy没在意，挑了挑眉毛想了想，给了他一个"保持安静"的手势，然后兀自对着手机忙了一阵。

她打字的速度和她眼皮抖动的速度都极快，宋智有手足无措地等了大概十分钟，Mandy抬起脸，又挑了挑眉毛，胸有成竹地对宋智有说："我已经在楼上订好了房间，待会儿你去前台开个房，跟以前一样，我跟你，'下午茶'一下。不过，既然很久不见了，就不能用'基本款'凑合。你以前不是最喜欢我跟你玩儿带角色的吗？我也很久不玩了。既然你说得那么诚恳，我愿意陪你玩儿一次。一会儿你会收到一个名字叫'不要吃兔兔'的微信好友申请，你通过就是了，那是我刚注册的马甲。你的医生说得对，没准儿你就是心理问题，没准儿玩儿会儿就好了呢？谁让我这个人容易念旧呢，看在旧情的分上，试试呗，试试也不会死。哎，好了，不说了，你先上去吧，我去换件衣服，咱们一会儿见！"

Mandy说完站起身，她走到他面前，俯身用她的左手抬起他的下巴，让她的乳沟清晰地亮在他面前。她看着他的眼睛对他说："记住，甭管我用马甲跟你说什么，你都要当真哦，玩儿就得玩儿得投入。也不枉费我跟你相爱一场。嗯？"

说完她的目光还停在他脸上看了一阵。她离他那么近，宋智有清晰地感到她还是那么香，香得那么柔软。他一时不知作何感想。

Mandy没等他再回应，就起身走开了，她侧身离开他的时候，故意用大腿贴着他的胳膊，像她以前很多时候一样，熟练地用肢体表现着她拿手的藕断丝连。

宋智有完全没想到Mandy给他提出了这样的建议。如果诚实地说，他并没有心情在久别重逢之后立刻和前任情人玩儿一个突如其来的"角色扮演"的游戏，然而，他也不想拒绝Mandy。至少，她没有斥责也没有贬损，这在宋智有看来，已经是"念旧情"的最善意表现。

十分钟之后，宋智有按照Mandy的安排在前台开了房，拿了钥匙进了房间，接受了新好友"不要吃兔兔"的邀请，也按Mandy给的提示微信向她支付了几千块钱。

很快，微信中的"不要吃兔兔"就开始跟他进入挑逗式的情色对话。

宋智有强打精神聊了一阵之后，对方要求他拍一张自己的裸照。

"都这种情况了，你还愿意看我脱吗？"宋智有问。

"任何情况我都愿意看你脱。""不要吃兔兔"回答。

"如果我拍了，你能原谅我吗？"宋智有问。中国大饭店熟悉的香氛勾起了他对之前那段的回忆，他的身体器官并没有复苏的迹象，然而他的心情带着惆怅和内疚温热起来。

"你想让我过来吗？"对方问。

在对着镜子拍了自己的裸照发给对方之后，宋智有忧伤地恳求说："如果你愿意陪我，我当然想让你过来，我们就抱在一起待一会儿。"

"上门要加费用的，大哥。"对方回答。

"宝贝，这种时候你都愿意跟我在一起，你要什么我都给你。"宋智有最后留言道。

宋智有给马甲发完，再次微信转账之前，不放心地又给Mandy发了微信确认。

"你的裸体我还记得，我的也许你忘了。"Mandy回答。

"那你来给我看看好吗？"宋智有邀请道。

"你要问'不要吃兔兔'。"Mandy回答。

宋智有当作是游戏的一部分，按照Mandy的指示，给"不要吃兔兔"发了微信。

在经历了半小时等待的煎熬之后，门铃响了，宋智有穿着浴袍开了门，门口站着一个头上抹了很多啫喱、穿着彩色格子西装的黑瘦的男人。

"宋先生？"格子男问。

"你是？"宋智有愕然地问，一只手条件反射地护在浴袍的领口。

"我是'不要吃兔兔'啊。"格子男说完冲宋智有眨了眨眼，压低嗓门笑道，"快让我进去，让服务生看见不好。"

宋智有还在发蒙，房间里的电话响起来，他条件反射地转身去接电话，格子男尾随进来。

电话那一头是Mandy，她一改刚才的平静语调，用宋智有曾经最熟悉的那种能塞满每个角落的带着各种象声词的语气一边大笑，一边咬着牙把她的"报复行动"绘声绘色地对宋智有讲解了一遍。

等讲完，她慨叹道："我一直在等这个时刻，让你尝尝什么是被玩弄的滋味。你什么人，我什么人？你睡了我也就罢了，睡完你还甩我！我呸！你给我听清楚，要睡也是我睡你！要甩也是我甩你！没错，你就是人渣！你就是loser！遇见我就是你人生最好的事，你活该阳痿！报应啊报应！还跟我来什么念旧情这一套，瞧瞧你那德行，还学别人玩儿婚外情，你也配！告诉你吧宋智有，这已经是我手下留情了！你个狗改不了吃屎的，让你知道知道伤害别人是要付出代价的！你不是想学人家偷情吗？让你这次偷个够！你和'鸭'所有的下流对话截图都在我这，你发给他的裸照也在我这。你今天晚上12点之前把跟我见面二十分钟我的咨询费八千美金微信转我，你到投行界去打听打听，这就是现在跟我见面的官方价格，我没另收你微信咨询费就算客气了。从此请你从我的视线消失！你敢再惹我，再来找我，或是打算有什么幺蛾子，信不信老娘随时让你身败名裂！"

Mandy在电话那头嗓门太大，穿格子西服的"不要吃兔兔"

在宋智有失神地挂了电话之后，发出带着东北口音的啧啧感叹：
"哎嘛，怎么回事啊？"

如果时间回到二十四小时之前，宋智有无论如何都不会相信，他会在一个工作日的下午，和一个提供色情服务的、装扮怪异且看不出年纪的男子并排坐在中国大饭店房间里的床沿上双双发呆。

"你说你这一下午，房也开了、款也打了、裸照也拍了、祸根也做下了。这可咋整？"颇具职业操守的"不要吃兔兔"一脸忧思地替宋智有想了几分钟建议道，"要不这么地，既然你钱都花了，也退不回来了，人丢了也找不回来了。我看，你也不是坏人，要不，你将计就计，干脆放松放松——我给你换个女的得了，都是咱们一个娱乐公司旗下的，我去跟公司说说，那啥，就不另收费了。但鉴于您这个情况，咱说清楚了，您付的那些钱，就负责聊个天儿，上手摸摸，其他的就别想了哈。"
格子男说完，站起来在房间里逡巡了两分钟，路过墙上的镜子时对着镜子理了理头发，看宋智有没什么反应，蹑手蹑脚地离开了房间。

宋智有陷在Mandy给他制造的巨大震惊里，没认真听格子男说什么，也没留意他什么时候离开，直到一位名叫孔孝贞的陌生女性出现在他面前。

先简单介绍一下这位孔孝贞女士。

孔孝贞原名孔彩玲，因从小长期哈韩，就照着她喜欢的韩国女艺人孔孝真的名字给自己起了个"艺名"。

二十八岁之前，孔孝贞最大的理想是成为一名"网红"，这是她持续最久的理想，时间长达两年。再之前的二十几年里，孔孝贞除了看什么电视剧都希望自己像大多数韩剧女主角一样"最终获得了财富和幸福"，就没什么别的具体理想了。

哪知道，忽然，二十八岁就那么来了，洪水猛兽一般，不容商榷地把一个女生逼到了人生中的第一个绝望角落。

二十八岁之前，孔孝贞和很多年轻的女孩一样，对二十八岁和二十八岁以后的年纪，充满她们自己也搞不懂的莽撞的瞧不起，像漠视死亡一样漠视着"每个人不死就会老"的自然规律。直到有一天，这年纪就成了孔孝贞自己的年纪。

"有种你别活到二十八，死去！"她在这半年里无数次用这句话回应那些嘲笑她是"要抓瞎"的"老女人"的其他"预备网红"。

尽管表面上看起来她保持着一直以来的剽悍，但，孔孝贞自己知道，她被她最熟悉的瞧不起，击败了。

"你为什么想当网红？"

"为了有人关注啊！"

"有人关注之后呢？"

"卖货呗。"

"卖货跟网红有什么关系？"

"成了网红，关注的人多挣钱容易啊。"

"除了挣钱容易呢？"

"还喜欢被人夸被人嫉妒啊。"

"只有网红挣钱容易以及被人夸或嫉妒吗？"

"那也不是吧。"

"那不就完了。"

以上这几段Q&A是孔孝贞在心里跟自己的对白。

在清楚地认识到自己很难成为网红之后，她剖析了自己想要成为网红背后的心理诉求，推导出"当不了'网红'也不会死，可以再去找其他挣钱容易被人嫉妒的方式"这个真理。

功夫不负有心人，孔孝贞很快就找到了一个适合她在这个阶段"挣钱容易也被人关注"的路径。

而且，在她走向新的征途并为自己获取一席之地之后，很快就对过去自己曾执迷于"网红"嗤之以鼻。

她吃到用到了比以前更贵的东西，认识了许多听起来颇有来头的"人物"。那些都是跟她说话和见面的真人，而不是以前在网上那些隐匿在五湖四海跟她以"亲"相称熟练打情骂俏，但从来没见过面的"头像"。

不仅如此，孔孝贞从那些真实的人物那儿直接或间接地换取了一些利益，那些利益比当网红卖货来得更实在和刺激。当然，为此她要付出她的劳动或代价，并且，随着获得更多，她接受的尺度也更大。

孔孝贞常常会在接受新尺度的时候扪心自问同样的一个问题"那你想要什么？"如果那个答案对应了她可能的获得，她对因此需要接受的更高的挑战和更低的羞耻感，也就越来越坦然。

并且，另一个让孔孝贞对此感到坦然的是，她在她周围看到了一些所谓的"名人"。在她看来，他们跟她没有任何两样。就好像一种运动的不同重量级，他们也是为了更容易赚钱和更多被关注，他们也需要为此付出劳动或代价，他们的尺度有时也令人咋舌。

在一个没有价值观的人群中生存，成为为利益不顾一切的"乌合之众"是个特别容易的过程。

是啊，"从众"总是让人在失去道德感的时候继续保有"自我主张"的假象，孔孝贞感到自己进入了某一个"阶级"。坊间称她们为外围女，孔孝贞可不这么认为，她对外人介绍自己的"职业"时用的词是"名媛"或"××咨询公司联合发起人"。

"名媛孔孝贞"在克服了转型的迷茫之后，迎来了一个亟待解决的现实问题——她要回家乡参加一次重要的中学同学会。

尽管，孔孝贞的老家离北京不过四小时车程，然而，四小时之外的原乡好像一个看台，而孔孝贞硬把自己推上了"角儿"的位置，强制自己为乡亲们常年演着一个连她自己也越来越看不懂的"谁"。

很多时候，很多人跟原乡的关系好像佛家讲的"前世"——你无法切断它的存在，你无法回避与它之间的因果，你所有的爱恨都可能基于往时的拖欠或馈赠，你所有无意或故意要麻木的记忆，仍旧固执地出现在某个情绪的深处，以诡异的行为主导着你一次又一次的言行。

人们所谓的"忘了"，人们的行为都帮他们牢牢记着呢。

原乡之于孔孝贞就是这样。

年近三十始终矢志不渝执着于疯狂赚钱和引人嫉妒的孔孝贞，矢志的源头是因为"小时候家里穷"。

当然了，如果一个人只是"小时候家里穷"不一定会点燃那么大的动力，重要的是，原本老实巴交安于"家里穷"的孔孝贞和很多同龄人一样，并非出于自愿的因着这样或那样的途径看到了其他人的一夜暴富、一夜成名、一夜疯狂之类太多不同样式的光怪陆离的人生。

那些"一夜"这、"一夜"那的人们，在孔孝贞看来并不是拥有什么特别天赋异禀的普通人。

孔孝贞不乐意了。

的确，凭什么啊。

真正刺激人心的并不是"穷"本身，而是像病毒一样肆虐扩张的贫富差距。真正令人对凡常人失望的不是"没成功",而是他人频繁的"非正常成功"向这个世界展示着越来越扭曲的"福德无法合一"的灾难。

很多人终其一生看似以各种偏执的行为追名逐利,如果挖掘其根本,大部分疯狂行为的背后其实都隐匿着一个质朴的、小小的、几乎要被忽略了的对"公平"的追求。

孔孝贞最初也是受了"不公平"的刺激,她不是那种在刺激面前坐以待毙的人。"脱贫"是她逼迫自己成为异乡人的最初动力。

如果需要牺牲小我可以对抗外部世界明晃晃的不公平,孔孝贞在所不惜。

然而,"脱贫"并不能解决全部的问题,甚至,脱贫都无法解决孔孝贞和原乡之间最原始的问题。

从小到大,除了"穷"之外,孔孝贞对这个世界最大的敌意就来自于她自己总是被忽视。

她在家里不被重视,理由原始而顽固:她是女的。在家之外她仍旧没获得期待中的重视,这令孔孝贞非常不解。女生最显像的资本总是外貌,孔孝贞不管是在原乡还是原乡之外,都不算是一个难看的女生,而她自认为并没有获得过跟她的容貌匹配的被重视。

为此,孔孝贞常年陷入一种类似怀才不遇的委屈之中,这委屈在她高中时代的一次单恋中到达最高值。她喜欢上她的一个男同学，那男同学却喜欢另外一个女同学，一个在孔孝贞看来样样不如她的女同学。

本来这也没什么，重点是那女同学不但不喜欢这男同学，还照样吃他的、用他的、接受他的礼物。

孔孝贞实在看不过眼，鼓足勇气把男同学约到学校角落学着电视剧里说台词的腔调对他揭穿这个残酷的事实："她是在玩弄你的感情。"

谁知道那个智商、情商双双偏低的男同学不顾孔孝贞的暗恋和忠诚，直眉楞眼对她说："要你管？我乐意！"

当天，男同学把他和孔孝贞的对话献宝一样转述给那个女同学。之后好几个月，孔孝贞成了班里知名的笑话。每天出入教室的身后都有一排无聊的女同学靠着墙嗑着瓜子冲她吐瓜子皮。

为此，整整一学期，孔孝贞都避免跟他人交集，耳朵上永远戴着耳机，循环播放着那首道出她心语的《谭某某》："她样样都不如我wowo……"

这个老套的情殇成了她出走的第二大动力，她要脱贫，她要过得看起来特别好，她要出人头地扬眉吐气，他要让那个她单恋了三年的是非不分的男同学后悔，她更要让那个羞辱她的女同学自惭形秽！不仅如此，她还要让他成为一个代表人物，代表所有曾经忽视过她欺负过她的人，都必须在她的人生面前艳羡不已，还要追悔不已。

孔孝贞也不知道她为什么那么需要他们追悔。

仿佛，她长久地压制着一股莫名的委屈，只有想象来自原乡人的艳羡和追悔才能终于治愈那些委屈。

　　她所有的努力也都是在制造一个合适的时机，她能够粉墨登场，衣锦还乡，演出她最在乎的关于报复的剧情。

　　时间到了孔孝贞二十八岁这年终于制造了一个契机，她所在的中学的那个班，要举行毕业十年同学会。

　　为了这个同学会，孔孝贞已经做了好几个月的准备，有些准备非常容易，比如说怎么样能"看起来特有钱"和"看起来特漂亮"。

　　然而世道总是对女人的要求更苛刻，一个女人如果只是"看起来有钱""看起来漂亮"并不会令人艳羡和追悔，她还得"看起来很幸福"。

　　这就麻烦了。

　　在大部分庸俗的世人看来，"幸福"这种戏码，一个人演不了。

　　孔孝贞不想认输，作为一个有行动力的人，她从接受同学会的邀请之后就迅速设计出了解决方案：找一个看起来像样的男人扮演她的伴侣。

　　"以后问起来大不了就说分手了呗。"孔孝贞在心里对自己这样解释。在这个离婚和辞职越来越随意的大众风气中，孔孝贞不认为有什么难以书写的续集。

　　然而，当她开始四处寻找能带回去跟她一起携手演出幸福画面的合适人选时，才发现，那个人，很难找。

孔孝贞找了好几个月。

大致的情况是，对方愿意的她看不上，她看得上的对方不愿意。

眼看同学会就在眼前，她还没找到能跟她回去携手演幸福的男一号。

收到阿丰工作求助的微信时，孔孝贞刚放弃了回去在同学会上扭转乾坤的想法，正在沮丧。

阿丰就是被Mandy安排给宋智有提供"服务"的"格子男"。

他和孔孝贞同属于一个"俱乐部"，有时候他们会互相介绍"生意"，有时候他们互相之间也会做一些"生意"，那种盗亦有道的阶级感情，充满着足够满足他们彼此的信任和义气。

就这样，在9月28号黄昏时分，ED患者宋智有遇见了"名媛"孔孝贞。

孔孝贞拿着阿丰给她的房卡打开酒店的房门时，宋智有还瘫倒在酒店的床上，他身上穿着浴袍，一只脚上挂着酒店的拖鞋。

"都听说了，多大点儿事啊！至于难成这样？"

在简单地做了自我介绍之后，孔孝贞开始了对宋智有的激励。

从小，孔孝贞就有一个习惯，只要她看见比自己状况更糟糕的人，不管她自己本来正陷入多不好的情绪，都能即刻自愈。

因此，当沮丧的孔孝贞看见崩溃的宋智有之后，她顿时来了精神："多大点儿事儿？嗯？你不就怕你的裸照让人看见吗？你得这么想啊，如果你练出八块腹肌！你还怕不怕？"

宋智有没回答，一动不动继续躺在那儿。

孔孝贞走近他，俯视着宋智有单刀直入说出了自己的想法："我跟你说，人不是怕暴露，人都是怕出丑。那如果已经'暴露'了，你也改变不了了，那能怎么办？就把'丑'给改了啊！山不转水转，人丑就得经常健身！"

宋智有不确定自己是因为经历了一整天的诸多打击令他身心俱疲无力思考，还是眼前这个喷了过量香水的女人说的的确有道理。总之，他一时间无言以对，不知道脆弱攻破了哪道防线，竟然没跟他商量就催生出两行清泪。

孔孝贞看见宋智有流泪，愣住了。她见过男人的各种面貌，唯独没有哪个男的在她面前"流泪"。

她忽然生出许多"同情"，决定要对面前的这个陌生人好一点。

孔孝贞走过去，把宋智有拉起来，掀起他绑浴袍的棉腰带的一角给他擦了擦眼泪，打量了一番说："我跟你说你吧，你呢，就是属于那种溜肩膀。溜肩膀的人，不管是男的还是女的，要是再不健身，那必定就显得未老先衰，穿什么都不好看，不穿也不好看，呵呵。"

孔孝贞说得特别诚恳，像一个知己知彼的老朋友，一副站在对方立场考虑的由衷模样。为了体现职业操守，她在分析完宋智有的肩膀之后，兀自脱掉了自己的上衣，只穿着一件蕾丝胸罩，现身说法，向宋智有对比了自己练习过的肩膀、腰腹和宋智有没练过的肩膀跟腰腹。

"我就不怕别人看见我裸体，我巴不得有谁把我的裸体拍了散出去呢。为什么呢？因为我好看啊！我这么好看我要光自己拍，那多招人恨！那要是别人拍了，我不但光荣了，我还成了受害者。多好！你捏捏，捏！不怕，不收你钱。对，就捏这儿，紧不紧？我捏捏你，不怕不怕，我捏你也不收钱。不让我捏你自己捏捏，对吧，你看这儿，这儿，还有这儿，这哪行？你腰身懈成这样，当然床上功夫也好不了！所以得练！我跟你说，等你把自己身材弄好了，就算你真是阳痿，这身板一晾出去谁的嘴都堵上了，男的不怕阳痿，男的怕让人说是阳痿。到你弄个八块肌，哪个小婊子也治不了你了就！"

宋智有完全无法想象，他这一天，唯一感到放松的时刻，竟然是面对着一个刚见面不到十五分钟就给他看了自己裸露的上半身，也强迫他裸露出上半身，并且互相上下其手一通乱捏的陌生女人。

孔孝贞说着，像她脱掉上衣一样坦然地把上衣穿回去，等穿

240

好上衣，转脸看着宋智有笑笑说："要我说啊，你们这些人吧，就是偶像包袱太重！"

不知道为什么，听到这句话，令宋智有忽然笑起来。

他不明白自己为什么笑，以及在笑什么，或许，只是这一天他太累了，累到不愿意再思考，只想跟随着内心的感受做些不受控制的反应，而那一刻，他唯一的反应就是想笑。

孔孝贞看宋智有笑，她就也跟着他笑起来。

两个人笑得好像游戏中的儿童，散发出笑本身应该具有的远离世间一切精明的孩子气。

"你饿吗？"笑完宋智有问孔孝贞。

"这就完啦？"孔孝贞反问宋智有。

"一起吃饭加钱吗？"他问。

"不加，但饭钱得你付。"她回答。

这两个纯买卖关系的男女，一起离开酒店房间，在大堂的夏宫找了个座位坐下。

接下来一顿饭的时间，都是宋智有听孔孝贞讲她自己的事。

宋智有不知道为什么感到如释重负，尽管他的问题没有任何被解决的迹象和可能，但，从对自己的困惑中离开去旁观另一个陌生人的困惑，给宋智有带来这一天久违的对食物的欲望。

吃完晚饭，宋智有在走出中国大饭店的时候看了一眼手表，转脸问孔孝贞："要是现在去你同学会，还赶得上吗？"

"我都说我不去了。"

"那要是我说我可以陪你去呢？"宋智有提议道。

"你算了吧，你今天都这样了，就别逞能了！"孔孝贞在转门里笑着说。

"哈哈，你看不上我！"宋智有笑说，一边打算步出转门。

孔孝贞拽了宋智有一把，把他重新拽回转门："你再说一遍！"

两个人就这样跟着转门不出不进地就地转了几圈。

"你这个人吧，虽然裸体不咋地，但都穿上之后呢，整体来说呢，一看还是挺洋气的！"孔孝贞笑着说。

"洋气能给你争脸吗？"宋智有问。

"你说真的，还是涮着我玩儿呢？"孔孝贞反问。

"我涮你对我有什么好处？"

"你以为呢！净是那种对自己没好处还到处坑人的人。损人利己的那都是正常人！"

"也有愿意帮别人的，你今天不就是在帮我吗？"

"我那是个买卖，大哥。"

"那我陪你去就算给你小费。"

"大哥，你不是变态吧？我刚才说你身材不好你记恨了，一会儿搁车里把我捅。哈哈哈。"

"你腹肌比我腹肌发达，要捅也是你捅我吧。呵呵。"

"你没开玩笑？"孔孝贞收起笑容，把宋智有拉出转了好几的转门，认真地问。

"我从来不拿别人在意的事儿开玩笑。"宋智有回答。

孔孝贞看着宋智有，带着她自己也罕有的肃穆的表情："我跟你打赌，你这个人，绝对没问题！你就是紧张了，一放松就好了。要过阵子还不行，我保证，我保证能给你治好了，你信不信？"

"嗯，我信。"宋智有也挺认真地回答。

"不过说实在的，见过你之后，我已经彻底不想去了。"孔孝贞说。

"为什么？"宋智有问。

"你是想藏住一件丑事，我是想假装一件好事。我劝了你半天，我自己也明白了：没有能藏得住的丑事，那就也没有能作假的好事。"孔孝贞回答。

"嗯，也对。"宋智有回答，"到最后，被谁骗了，也不能自己骗自己。"

"你赶紧回家吧，别整大道理了，想想你老婆逼你'交公粮'你怎么糊弄吧！"孔孝贞说着，冲宋智有挥了挥手，消失在夜色中。

隔天的9月29号，上午，三十七岁的宋智有在早上9点半走进办公室。

天光在这一天没有任何不同，他办公室里的光景也和他前一天离开的时候一样，没有任何不同。

只不过是二十四小时。

然而，二十四小时前后的世界对宋智有来说是如此不同，因着这样观看的方式，宋智有深深地感到自己"输给了时间"。

一个年过三十的男人，或任何男女，"感到自己输给时间"都应该是常态。

或是说，假使人活在这世上真的有什么从来也无法战胜的"敌人"，那么，唯一能拥有长胜殊荣的也只有"时间"。

唉！

时间让吉日或凶年大咧咧地来到面前，时间让所有或深刻或轻薄的哀欢全然无所谓地离人而去。

时间把所有"不情愿"留给每个当事人。那些人或事，有的在时间带走发生后依然无尽地怀念，有的在时间没来之前早早预支着对未来的期待或恐慌。

纯良温婉也好，乖张愚昧也好。
时间才懒得管。
时间像一个胜券在握的情人，他任意去留、他决定爱恨、他控制节奏、他态度笃定，他带来一切也带走一切，然而他对带来带走的一切又都毫不留恋。

他不管在他的鞍前马后，有多少人间喜乐哀愁企图自行跳脱出他的霸权，那些舍不得的留恋、那些励志雪耻的反顾，要么赶要么留，让人像怨妇一样一再求之不得然而一再一厢情愿地试着抓住什么，好让时间等一等如此深情的自己。

因着这样无谓的不同步，时间胜之不武。

人输给了时间，然而一边输，还一边企图死死记住输掉的那个时间。

9月28号。

这个时间成了被宋智有长久记忆的日子。

然而，记忆并不会帮助任何人渡过难关。

只要还活着，就要想办法在时间不留情的调戏之下努力地活下去。

翌年，元宵节。

宋智有下班之前收到姚莉莉的微信，微信里她让他下班早点回来，因为"你要当爸爸了"。

宋智有有点不知道应该用什么心情对待这个消息。诚实地说，他并没有特别地盼望。

但，如果是这样的一个消息，能让一个人暂时从一种紧张状态中被释放出来，那终究是个好消息吧。

宋智有在走向停车场的时候，想起去年9月28号那天，他投奔老颜，老颜给他讲过的一个跟佛教哲学有关的故事。

"古时一少年，父母早亡，遂成孤儿。因自感孤苦无依，只得外出谋生。行走天涯间，得而复失，失而复得，周旋数十载，少年成中年。一日，偶然路经原籍，感念往昔，过访旧居：陋室空堂，一如他离家时的模样。他倚在窗边，黄昏时分，夕阳照进来，影子落在草席边的一个旧箱子上。那箱子自他少年时就在，是父母的遗物，多少年来，权当桌子用，他从未见父母打开过。一时，不知怎的，他开启了箱子，里面满是金银财宝。其珍贵一如他踏破铁鞋梦寐以求的样子。"

"原来你拥有的，总是被忽略，你用尽力气到处去找的，其实一直都在你身边。"

老颜的话，分了两段说完的。

讲完第一段的时候，大概是想等宋智有听后的感悟，等了一阵，看宋智有没有想要表达的意愿，他因此自己接自己的场，总结了他想说的中心思想。

宋智有不知道自己为什么忽然想到这个。他叹了口气，回了回神，想着，喜悦的时刻总应该对自己有所表示，因此，顺着心意哼起歌来。

等车开出停车场，他恍然听到自己哼唱的曲调：

You're beautiful. You're beautiful.

You're beautiful, it's true.

那旋律里，是一种久违了的，"生活在别处"的带着假象的幸福感。